藁屋根

onuma tan
小沼丹

講談社文芸文庫

目次

藁屋根

藁屋根

その頃、大寺さんは大きな藁屋根の家に住んでいた。正確に云うと、郊外にある大きな藁屋根の家の二階を借りて住んでいた。大寺さんは結婚したばかりで、その二階が新居と云う訳であった。その二階の広さがどのくらいあったか、はっきり想い出せない。

大寺さん夫婦は、南に窓のある十畳と八畳の二部屋に住んでいた。その二部屋には畳も入っていて、襖もあるし、ちゃんと天井もある。しかし、二階にはその他に広い板の間があって、寧ろ、矢鱈に広い板の間の片隅に、大寺さん夫婦の住む二部屋が出来ていたと云った方がいいかもしれない。板の間の方は天井が張ってないから、黒く太い梁や棟が剝出しになっている。太い柱も何本か立っていて、階段の上の柱だけ、手の届く所が黒く光っていた。

部屋を出ると北に面して広い板の間があって、その板の間でも大寺さん夫婦のいる二部屋より迥(はる)かに広い。明りを採るために北の雨戸を二枚ばかり開けていたが、面倒だから全部開けたことは無い。雨戸を開けても、汚れた硝子窓越しに見えるのは、厚く茂り合った樹立の緑ばかりである。

西の方にはもっと広い板の間があって、そこは古びた板戸で仕切られていた。そこを大寺さん夫婦は、開かずの間、と呼んでいた。引越したばかりの頃、大寺さんは細君と一緒にその板戸を開けて覗いて見たことがある。雨戸が閉っていて暗いからよく判らないが、無闇に広い板の間に何だか得体の知れぬものが積んであって、二人共吃驚(びっくり)した。

——あれ、何かしら?

——何かな……。

——茲(ここ)もうちなのね……。

と細君が云って、大寺さんは何だか滑稽な気がした。二階を借りたことになっていたから、その広い板の間も大寺さんの住居の一部と云うことになるが、細君はそんな暗い広い所があるのを迷惑に思っていたようである。たとえ使って呉れと頼まれても、使う気にはなれない。またその必要も無い。板戸を開いたのはそのとき一度だけで、その后開けたことは無い。だから「不開の間」と呼ぶことにしたのである。

多分、二階は昔蚕室だったのだろう、と大寺さんは思っていたが、その辺で養蚕をやっていたのかどうか知らない。大寺さん夫婦が入ると云うので、家主がその一隅に二部屋拵えて呉れたもので、板の間に立つと家のなかにもう一つ小さな家が出来ているように見える。

台所も新しく造って呉れたが、これは階下にあった。広い土間の片隅を仕切って、床板が張ってあった。そこに新しい流し台が置かれたとき、大寺さんは何だか珍しいものを見るような気がして見たのを憶えている。便所も造って呉れたが、これも階下にあったから、その度に大きな階段を上下しなければならない。それを不便だとも思わなかったのは、二人共若かったからかもしれない。

引越した年の暮、大寺さんは知人から鶏を一羽貰った。その頃は戦争が始っていて鶏は珍しくなっていたから、大寺さんも細君も喜んだ。細君は何日分かの心算（つもり）で、大きな鍋に鶏肉入の雑煮をどっさり作った。元日の朝、大寺さんが食卓の前に坐って目出度い顔で酒を飲んでいると、階段の上で細君の頓狂な声がしたと思うと、同時に大きな音がした。戸を開けて出て見ると、板の間に雑煮が一面に散らかっていて、鶏の油がぎらぎらと光っている。

——駄目じゃないか。

大寺さんが怒鳴ったら、細君も面白くなかったらしい。こんな重いものは亭主が運んで呉れても良かろう、と恨めしそうな顔をした。大寺さんはその藁屋根の家に二年ばかりいたが、二年経ってその家を出る迄、二階の板の間には鶏の油が染込んだ痕が黒く残っていて消えなかった。

その家に引越して間も無い頃、大寺さんは散歩に出て林や森や畑のなかを出鱈目に歩いている裡に、方角が判らなくなったことがある。畑で農夫が働いていたから、自宅の番地を告げて道を訊いたが一向に要領を得ない。

——何て云う家かね？

家主の名前を云ったが通じない。無論、大寺さんの名前を云っても始らない。想い出したことがあるから、

——前に銀行だった家なんだけれど……。

と云ったら、直ぐ合点が行って道を教えて呉れた。

その大きな藁屋根の家が昔は銀行だった、と大寺さんに教えて呉れたのは家主の細君である。昔と云っても、いつ頃のことか大寺さんには判らない。家主の細君は、肥って眼玉のくりくりした女でよく喋る。そのお喋りに依ると、何でもその家には大金持が住んでいて、私設の銀行を開いて、取引は近県にも及んだと云う。

——金貸しですか……。

——いいえ、銀行です。

細君は眼玉を丸くして、大寺さんを窘めた。それが何故没落したのか、その辺の経緯は

細君も知らなかったのか、聞いた大寺さんが忘れてしまったのかはっきりしない。兎も角、その銀行は潰れてしまったと云って、細君は世の無常を果敢無むような感想を洩らした。大寺さんは多少の縁故があって、その家の二階を借りて住むことになった。しかし、銀行が潰れなかったら、その家は現在の家主の手に渡らなかった筈だから、従って大寺さんもそこに新居を構えることは出来なかったろう。

昔の銀行がどんなものだったか、大寺さんは知らないが、その家には銀行だった頃の姿が多少残されていた。入口から広い土間に這入ると、左手に上り口があって板戸が何枚か入っている。その背後に帳場の如き一角があって、木の格子が巡らしてあった。板戸は何れも掛金か錠で閉るようになっていて、銀行の頃は帳場の一枚だけ開けていたと思われる。上り口に面した格子に小窓が切ってあって、そこで用件を片附けたものと見える。

——如何ですの、ちょっと坐って御覧になりません？

家主の細君に云われて、一度、大寺さんはその帳場に這入って坐ってみたことがある。たいへん間の抜けた感じで、大寺さんは直ぐ立上って出て来た。

——こんなもの、もう片附けた方がいいんですけれど、主人が面白いから残して置けって云うもので……。

と細君は云ったが、案外、細君が面白がっていたのかもしれない。

大寺さんは細君の御亭主の家主に会ったことは、一、二度しか無い。家主の細君は階下の矢鱈に広い所に、女学生の娘と二人で住んでいた。娘は身体が弱いとかで、痩せて眼ばかり大きかった。家主は下町のどこかに店を持っていて、専ら其方に寝泊りしているらしく、藁屋根の家には滅多に帰って来なかったようである。

——そりゃ、わたしだってこんながらんとした淋しい所に住みたかないんですけれど、でも娘が弱いもので、娘の健康を考えて茲にいるんですの。町なかよりこの辺の方がずっと健康には宜しいですから……。

大寺さんは、家主の細君がそう云うのを聞いたことがある。

引越して間も無く、大寺さんと細君が部屋の整理をしていたら、階下から、

——お邪魔いたしますよ。

と頓狂な声がして、続いて階段を上って来る大きな足音がした。出て見ると、板の間に家主の細君と一緒に五十年輩の小肥りの男が立っていた。

——主人ですの……。

家主の細君は、何だか浮き浮きした様子で紹介した。大寺さん夫婦が、どうぞ宜しく、と頭を下げたら、家主は愛想好く挨拶した。

——ちょっと見せて頂きましょうよ……。

家主の細君は新居を覗込んで、あれこれお喋りする。つまらない道具を見て、まあ、結構ですこと、と亭主を振返る。家主の方はその度に、うん、うん、と笑って相槌を打って

いたが、何となく迷惑そうであった。大寺さんの細君が、

——お茶でも……。

と云い掛けたら、家主は吃驚したような顔をして、これからまた店の方に戻るから、と辞退した。それを聞いたら、今度は家主の細君の方が吃驚したようである。

——あら、今夜は、こちらでしょう？

——いや、そうも行かない……。

——でも、そんな……。

それから二人は、お邪魔しました、と降りて行ったが、階段を降りながら低声で問答しているのが聞えた。何を話していたのか、無論、大寺さんには判らない。何だか妙な感じで可笑しかったから大寺さんが細君の顔を見ると、細君は仏頂面をして大寺さんを睨んでいて大寺さんは面喰った。どう云うことか判らない。

家主の細君が大寺さん夫婦に二階を貸したのは、広い家に娘と二人で暮していて淋しかったからかもしれない。

大寺さんの住居を訪ねて来た人は誰でも、大きな家ですね、と感心して、それから土地も広いと感心した。しかし、その頃大寺さんは土地が何坪あるかと云うようなことには一向に無関心だったから、どのくらい広かったか知らない。感心されても自分のものではな

いから、何とも思わない。散歩には出るが屋敷のなかを歩いたことは無いから、大寺さんの知らない所も沢山あったと思う。

知っているのは、門から入口迄の小径と、二階の窓から見える正面の庭ぐらいのものである。二階の窓から見ると、広い庭一面樹木だらけで、大寺さんはまるで小さな樹海のようだと思う。何故そんなに沢山植込んだのか判らない。いまでも大寺さんは植物には無智だが、その頃はもっと無智だったから、夥しい樹木の名前も知らない方が遥かに多かった。秋になって美しい紅葉が眼に附くから、あんな所に楓があったのかと思う。春先庭のあちこちに花を見て、辛夷が咲いたとか椿が咲いたとか思う程度で、どんな樹があるかと樹海に足を入れたことも無い。

門から家の入口迄は三、四十米あって、樹海のなかを小径が通っていた。小径の両側には丸く刈込んだ満天星が並んでいる。その小径を辿って来ると、入口の右手に巨きな樹が一本あった。これは藁屋根より高い堂堂たる大木で、二階の十畳の窓近く迄下枝を伸している。

或るとき、細君が窓辺で指輪を弄んでいる裡に窓の外に落してしまったことがある。大寺さんは見ていた訳では無いが、指に嵌めたり外したりしている裡に落したのだろうと思う。細君が、たいへん、たいへん、と騒ぎ立てたので、隣室で本を読んでいた大寺さんは何事だろうと立って行って、事の次第を知って腹を立てたが拾ってやらない訳には行かない。

窓の外にはトタン葺の長い廂が出ていて、その先に雨樋が附いている。大寺さんは窓から廂の上に出ると、巨きな樹の枝伝いに樋の所迄行って指輪を拾った。序に瀬戸物で出来た小さな人形があったから、これも拾った。

——こんなものもあった。

——あら、お人形ね。どうしたのかしら？

多分、家主の娘が以前に落したものかもしれない、と大寺さんは思った。しかし、細君が汚れた人形を綺麗に拭いて階下の娘に見せたら、知らないと云ったそうである。そうすると、或は銀行の頃誰か落したのかもしれない。そんなことがあったが、大寺さんはその巨きな樹の名前も知らなかった。

樹木の名前は判らなくても、それを見ているのは嫌いではないから、大寺さんは机の前に坐って窓から小さな樹海を眺めることが多かった。夕暮になると樹海に青い色が流れて、藁屋根の軒先に夥しい白い羽虫の群が舞降りて来るが、知らぬ間に消えてしまう。

風の強い日は、窓から遠く右手に見える土堤の道から赤い土埃が舞上って、二階の二部屋は土埃だらけになってざらざらする。夜になっても風の強いときは、雨戸ががたがたと鳴って、樹木の騒ぐ音がうるさかった。北の板の間の外には巨きな欅が何本も並んでいて、風の強い日にはその枝が雨戸に当って大きな音を立てる。

——気味が悪いわ……。

最初の裡は細君もそう云って怕がっていたが、いつの間にか馴れてしまって、藁屋根の住居も満更捨てたものではないと思うようになったらしい。雨の日なんか遠くの黒い森が灰色に烟るのを見て、

——墨絵みたいね……。

と云ったりするから、大寺さんは意外なことを聞く気がする。

大寺さんもその住居は気に入っていたが、気に喰わなかったのは鼠が沢山いたことである。引越したばかりの頃は、鼠の方も変な奴が現れたと思って警戒したのかもしれない。大寺さんも細君も鼠は余り気にならなかったが、或るときからそうではなくなった。

或る晩、大寺さんは細君の母親に誘われて、細君と一緒に歌舞伎を観に行った。芝居好きだとそのとき何を観たか憶えているかもしれないが、大寺さんは芝居には関心が無いから何を演っていたかさっぱり憶えていない。芝居が終って帰って来たのが何時か知らない。何しろ電車だけでも一時間近く掛るから、とても銀座を歩いている余裕は無い。藁屋根の家に辿り着いて、門を這入って樹立の間の暗い小径を歩いて行くと、夜の匂がして大寺さんは好い気分であった。

入口を這入って、只今、と声を掛けて戸締りをしていると、森閑とした家の遠くの方で、

——お帰りなさい。

と云う家主の細君の声が聞えた。

階段を上って、部屋の戸を開けてなかに這入って、大寺さんが点けたのか細君が点けたのか、電気のスイッチをひねったら、途端に夥しい鼠の群が畳の上を、ざ、ざ、ざと黒い流のように駈抜けた。文字通り、あっと云う間の出来事で、気が附いたらどこに消えたのか鼠の姿はどこにも見当らない。自分では気が附かないが、大寺さんも細君と一緒にとんでもない奇声を発したらしい。階段の下の方で、

——どうなさったんですか？

と家主の細君の頓狂な声がした。階段の上から大寺さんの細君が、

——鼠が沢山いたものですから……。

と云うと、下から、

——まあ、鼠でしたの……。わたしはまた何事かと思って……。

と云う声が上って来て、大寺さんは面白くなかった。のみならず、鼠に曳かれないようにお休みなさい、と笑ったからますます面白くない。

大寺さんは夥しい鼠の群がいたと思われる方を見て、不思議でならなかった。十畳の部屋の東の方に幅一間奥行半間の凹みがあって、その中間に棚が一つある。最初は押入だった跡かと思ったが、部屋は最近造ったものだから押入があったとは思われない。敷居も無

いから、何か道具か雑器を載せて置く場所だったのかもしれない。大寺さんの細君はそこを床の間に見立てて、棚の上には壺を置いて花を活け、棚の下にはガラスのケエスに入った日本人形などを置いていた。電気を点けたとき、鼠共はそこから一斉に走り出したらしいが、何故そんな所に鼠が屯していたのか大寺さんには見当が附かない。真逆（まさか）、「汐汲人形」に見惚れていた訳でも無いと思う。生れて初めてそんなに沢山鼠を見たので、鼠の心理を考える余裕も無かったのかもしれない。

翌日、細君は知合の薬局に行って薬を頒けて貰って来ると、鼠退治の団子を沢山作った。それを紙の上に載せてあちこちに置く。何度か仕掛けている裡に、鼠の姿も段段と見掛けなくなった。それでも暫くの間は、二人で外出先から戻って電気を点けるとき、大寺さんも細君も戦戦兢兢としていたように思う。

藁屋根の家から歩いて十分ばかり行った所に、大寺さんの親戚のやっている学校があって、大寺さんはそこに勤めていた。巨きな樹立を背負った農家や小さな家の点在する路を歩いて行くと、路は駅から来ている広い道と交叉する。広い道を横切って少し行くと雑木林に入って、雑木林を出た所に幅一間ばかりの水量豊かな小川が流れている。小川には土橋が架っていて、土橋を渡ると旧い街道で、街道に面して学校の門があった。

その路を大寺さんは毎日往復した。単調で何の変哲も無い路だが、大寺さんはその路が気に入っていた。しかし、毎日同じ路を往復していると惰性になって、季節の表情にも無関心になってしまう。それがひょっこり我に帰る瞬間があって、気が附くと、知らぬ間に雑木林が黄葉しているのに吃驚することがある。いつの間にか雑木林はからりと明るくなっていて、大寺さんは乾いた落葉を踏んで歩いているのに気が附く。

まだ学生だった頃、或る日、大寺さんは郊外の知合の家を訪ねたことがあった。夜になってその家を出て、バスの停留所に向って暗い道を歩き出した。秋の夜で、舗道に落葉が沢山散り敷いていた。気が附くと、舗道の傍に男が一人立って用を足していた。用を足していると思ったのは、威勢の良い水音がはっきり聞えたからである。暫く行って、大寺さんは変な気がした。まだ水音が続いているのである。

――……？

立停って振返ったら、男の姿は見当らず音も歇(や)んでいる。空耳かしらん？　と歩き出したら再び威勢の良い水音が聞えたから大寺さんは不思議に思った。立停るとその音は消える。

――ああ、そうか……。

大寺さんは思わず独言を云って、苦笑した。そのとき大寺さんは着物を着ていたが、学校の帰りだから袴を穿いていた。歩くときに袴が風を起して、その風に舗道の落葉が走って、大寺さんに錯覚を起させるような音を発したのである。

大寺さんはその発見が何となく得意だったから、友人に話して聞かせた。

——どうだい、如何にも秋の夜らしいだろう？

——ふうん。しかし立小便の音じゃちょいと幻滅だな。

雑木林の落葉を踏んで歩く大寺さんは、ひょっこりとそんなことを想い出して、兵隊になった友人はどうしているだろう、と思ったりする。

初夏の頃、大寺さんは学校の帰途、小川の傍に白い花の咲いているのを見附けた。もっと前から咲いていたのかもしれないが、そのとき初めて気が附いたのである。小川の両岸には灌木が厚く生い茂って緑のトンネルを作り、お歯黒蜻蛉の飛ぶ水面を暗くしている。この灌木の茂みに白い小さな花があったから、大寺さんはその枝を手折って帰って来た。門を這入って入口の近く迄来ると、縁側に腰掛けていた家主の細君が頭に被った手拭を取って、お帰りなさい、と云ってから大寺さんの手の白い花に眼を留めた。

——おや、何ですの？

——何ですかね……。川っぷちに咲いていたから……。

家主の細君は立って来ると、

——ああ、いぼた、ですわ。

と云った。

いぼた、なんて変梃な名前は初めて聞くから、大寺さんは改めて枝の先に幾つか塊って咲いている小花を見ると、家主の細君は花はどうでもいいらしく、二階の住心地はどうかと訊く。それがどう廻り廻って細君の身上話になったのか、その辺の所は大寺さんには何とも説明が附かない。気が附いたら、いつの間にか家主の細君の愚痴を聞いているのである。

家主の細君の話によると、細君と娘二人でこの家に住んでいるのは、娘の健康と云う理由もあるが、それは決して細君の本意ではない。寧ろ、主人が態良く細君を遠ざけるための口実に過ぎない……。

――そんなことは無いでしょう。

大寺さんとしては、立場上、そう云わざるを得ない。それが、家主の細君のお喋りに拍車を掛けることになるとは気が附かない。

――いいえ、そうなんですのよ……、と細君は眼玉を丸くした。こんなこと申上げる心算じゃなかったんですけれど、思い切って申上げようかしら？　でも、お判りと思いますけれど……。

――判りません。

――あら、ちゃんとお判りのくせに……。

大寺さんはこんな会話は苦手である。何故、こんな話の相手をしなければならないのか判らない。

——実は主人には……。もうお判りでしょう?

大寺さんは首を横に振った。しかし、前に家主夫婦が二階に上って来たときのことを想い出して、何だか思い当ることもあるような気がした。だからと云って、家主の細君の誘導尋問に乗って、此方から判った顔をする気にはなれない。飽く迄判らない顔をしていると、家主の細君は主人には女がいて、それで自分はどれ程悩んだかしれない、と云った。

大寺さんはそんな話はちっとも聴きたくないが、上と下に住んでいる仲だから、余り素気無い態度も取れない。家主の細君は好い聴手が出来たと思ったかもしれない。お喋りをしている裡に、自分の話に自分で酔った所もあったようである。最初の裡は死ぬ程悩んだが、この頃は大分落着いた。その裡には主人も眼が醒めて、きっと自分の所に帰って来て呉れると信じている……。

——そう思っていますの。わたし、間違っていますかしら?

訊かれて大寺さんは甚だ迷惑した。大寺さんは学校を出て、学校を出ると間も無く結婚して新居を持ったばかりである。そんな新米が古狸の問に答えられる筈が無い。

そのとき、二階から大寺さんの細君が大声で大寺さんを呼ぶ声がした。それを聞いたら、家主の細君は途端にお喋りを中止して、

——あら、奥さんがお呼びですよ。早く行ってお上げなさいな。お引留めして、ほんと

に失礼いたしました……。

と愛想好く笑ったから、大寺さんは何のために立話の相手を勧めたのか判らない気がする。

二階に上ったら細君が、帰って来たら真直ぐ二階に上って来るものだと脹れ面をしたから大寺さんは面白くなかった。のみならず、

――何だか、長いこと随分親しそうに話してらしたわね……。

と云ったから、大寺さんは腹が立ってならない。后で見ると、家主の細君の話を聞いている間に毟り取ったらしく、いぼたの白い花は一つも附いていなかった。


大寺さんが学校へ通う路の途中に、トタン屋根の小さな家が一軒あった。入口は硝子戸で、破れた硝子に紙が貼附けてある。天気の好い日だと、家の前に筵を敷いて爺さんが一人坐っていた。大抵、縄を綯うか何かしていて、ときどき大きな咳をする。幾つだったか知らないが皺苦茶の爺さんで、大寺さんが通るときは、顔を上げて大寺さんを不思議そうに見て、口をもぐもぐ動かす。

或るとき、爺さんはよっこらしょと云う感じで筵から立上ると、よちよち歩いて垣根に向って小便をした。大寺さんが近附いたら、毛糸の帽子を被った頭だけ大寺さんの方に向けて、矢張り不思議そうに大寺さんを見ると口をもぐもぐやった。それを見たら、大寺さ

んは牛を想い出した。

　或るとき、或る会があって大寺さんも顔を出していたら、先輩の一人が大寺さんを或る人に紹介して、

　――この人は牧場の近くに住んでいるんですよ。絞り立ての乳を飲んでいるんだそうです。

　と云った。絞り立ての乳が飲めるのは嘘ではないが、大寺さんは別に牧場の近くに住んでいた訳では無い。大寺さんはその先輩に、近所に牛を飼っている家があると話したことはあるが、「牧場」と云ったことは無い。大寺さんは子供の頃から、牧場と云うのは矢鱈に広い緩かな傾斜を持つ草地に牛が遊んでいて、巨きな樹立があって、小川が流れている所だと思い込んでいたから、牧場の近くの住人と云われると些か困る。しかし、先輩は多少誇張して話したらしいから、大寺さんも別に訂正はしなかった。

　大寺さんのいる藁屋根の家の隣は雑木林になっていて、その先に牛を飼っている家があった。七、八頭の乳牛を飼っていて、風の具合で妙な匂が大寺さんの住居迄流れて来ることもある。しかし、大寺さんも細君も鼠よりはその匂の方がまだ田園風だと思っていた。

　大寺さんは散歩に出ると、よくその附近を通る。散歩する径から少し引込んだ所に牛舎があって、牛舎に続いて木の柵で囲った場所がある。そのなかに牛が何頭か入っていた。牧場とは大分違う。

ときどき、そこから出された一頭が、径の傍の草のなかに繋がれていることがあった。草を食みながら、散歩する大寺さんを上眼遣に見る。それを見ると、大寺さんはトタン屋根の家の爺さんを聯想して、牛は咳をしないものだろうか？　と考えたりした。

大寺さんの細君はその家を「牛乳屋さん」と呼んでいて、一升瓶を提げて絞り立ての牛乳を頒けて貰いに行った。順序からすると、家主の細君に紹介して貰って、それから牛乳を頒けて貰うと云うことになる筈だが、大寺さんの細君が家主の細君に取次を頼んだら、うちでは牛乳が大嫌いなので承諾し兼ねる、と云う返事だったそうである。

仕方が無いから、大寺さんの細君が直接頼みに行ったら、先方は簡単に承知して牛乳を頒けて貰えるようになった。或るとき、細君が牛乳屋さんに、家主さんの家では牛乳が嫌いだそうだと云ったら牛乳屋は吃驚した顔をして、

——滅相も無い、以前はしょっちゅう頒けて呉れって見えましたが……。

と云ったそうだから、話が判らない。判らない話が判ったのは、それから暫く経ってからである。

先輩が大寺さんのことを牧場の近くの住人と宣伝した訳ではあるまいが、その話を聞いたと云って、空の一升瓶を提げて大寺さんの所を訪ねて来る人が何人もあった。先輩の名刺を持って来る人もある。その都度、細君は一升瓶を提げて牛乳屋さんに行く。径を通らずに、近道だから雑木林のなかを抜けて行く。その頃、牛乳は入手困難になっていたか

ら、一升瓶を提げて訪ねて来る人があっても、ちっとも不思議ではなかった。

客のなかには、入口に立って上らない人もある。しかし、二階に上って一服して行く人もあって、二階から大寺さんの云う樹海を眺めてひどく感心した。なかには、その広い土地も建物も大寺さんの所有物と勘違して、

——どうでしょう、あの畑の隅っこでも構いませんが譲って頂けませんか？

と云う人があって、これには大寺さんも面喰った。樹海の外れに、前に畑だった跡の広い空地があって、そこに家主の細君が少しばかり野菜を作っていた。しかし、これは門から入口迄歩いて来ただけでは見える筈が無いから、前以てその辺を偵察していたとしか考えられない。大寺さんが二階を借りているだけだと説明すると、ああ、そうですか、と澄した顔をして別の話を始めたから、相手がどう云う料簡だったのか判らない。

その人のときか、他の人のときだったか忘れたが、客が牛乳の入った一升瓶を提げて帰って行った后で、細君が大寺さんに牛乳屋さんの言葉なるものを伝えた。お宅だけなら一向に差支えないが、外部の人に頒けてやるとなるといろいろ面倒なことになるので、その方は此際遠慮して欲しい。牛乳屋はそう云ったと云うのである。何でも絞った乳は、大きな牛乳の会社かどこかに納めることになっていて、勝手に処分しては不可ない規則があったらしい。大寺さんはそんな仕掛になっていたとは知らなかったから吃驚して、先方の云うことは尤もだと思った。頼まれたからと云って細君の訪れる回数が多くなったので、先

方も今后のことを考えてそう云ったのだろう。大寺さんは早速先輩に手紙を出した。先輩から、それは失敬したと云う返事があって、やがて一升瓶を提げた客は姿を見せなくなった。

これと同じことが、前に家主の細君の場合にもあったらしい。その結果、家主の細君が牛乳が大嫌いになったとすると、細君は断られてひどく感情を害したに違いない。尤も、家主の細君は一升瓶を三本も四本も提げた客をときどき連れて行ったと云うから先方も困ったろう。

牛乳屋が食事中だと、

——早くして頂戴。

と催促したりした。牛乳屋も気を悪くしなかったとは云われない。大寺さんは散歩の途中、よく牛乳屋さんを見掛けたことがある。無精髭を生やした人の好さそうな人物で、とても家主の細君を怒らせる器量があるとは見えなかったから、相手をしたのはお内儀さんの方だったに相違無い。此方は丸まっちくて利かん気らしい顔をしていて、現に大寺さんの細君に話をしたのもこのお内儀さんである。そのとき亭主の方は傍で困ったような顔をして、煙管で烟草を喫んでいたそうである。

大寺さんが毎日往復する単調な路は、普段でも余り人通りが無い。雨が降ったりすると、ひっそり静まり返って人影も殆ど見掛けない。風が吹くと、路に沿って立っている巨きな樹立から大粒の滴が落ちて来て、傘の上で大きな音がする。雨に濡れた静かな路を、大寺さんが取留の無いことを考えながら歩いていると、突然大きな咳が聞えるから、

——ああ、今日は家のなかだな……。

と、爺さんのことを想い出す。

そのトタン屋根の小さな家に住む爺さんが、嘗て羽振の良かった「銀行」の主の変り果てた姿である、或る日、細君が大寺さんにそう云ったから、大寺さんは信じられなかった。細君はその話を牛乳屋さんから聞いて、吃驚したと云う。細君は買物に行くとき、いつも爺さんの家の前を通るから、爺さんのことは知っているのである。

——ふうん、本当かね？

——だって、牛乳屋さんが嘘を云ったって始らないでしょう？

そう云われると、大寺さんにはそれに反対する理由は無い。

家主の細君は前に銀行の潰れた話をして、世の無常を果敢無むようなことを云った。しかし、その無常に弄ばれた主人公のことには触れなかったから、その人物は疾うに死んでしまったのだろうぐらいに思っていた。だから、その落魄の主がつい鼻の先の陋屋に逼塞して、大きな咳をしたり口をもぐもぐやっていると知って、大寺さんが信じられなかったのも無理は無い。

——ほんと吃驚したわ。世の中って判らないものね……。

細君は月並な感想を洩らすと、夕食の仕度に降りて行った。細君とすると、意外な事実に驚いたが、それを亭主に話してしまえばそれで終で用は済んだ、と思っていたのかもしれない。しかし、二階の太い柱や黒い梁を見て、それを嘗て爺さんも見たことがあると考えると、大寺さんの気持は何となくちぐはぐになって片附かない。

大寺さんは、爺さんの家に若い女がいるのを知っていた。それ迄は何とも思わなかったが、これは爺さんの孫娘で、夫が戦地に行っているので爺さんの世話をしているのだそうである。息子がいるが、これは爺さんの所に寄附かないらしい。そんなことも、細君の話を聞いて判った。

細君の話を聞いてから、大寺さんは路を歩くとき爺さんを念頭に置くようになった。それ迄は爺さんを見ても、

——ああ、いるな。

と思ったに過ぎない。考えごとをしながら歩いているときは、爺さんに気附かず通り過ぎることもある。爺さんが毛糸の帽子を被っていることは知っていたが、どんな恰好をしていたか憶えていない。

大寺さんは爺さんに関心を持ってから気が附いたが、爺さんは矢鱈に着脹れていた。寒くなり掛けていたからだろうが、何だか沢山着込んで、その上に綿の食み出た茶の半纏を

重ねて、厚い股引を穿いた足を投出して縄を綯っている。大寺さんが通り掛ると顔を上げて、不思議そうに大寺さんを見て口を動かすことに変りは無い。

その爺さんに、大寺さんは昔羽振の良かった人物の俤を見出そうとしたが何にもならなかった。若い大寺さんは、落魄れた人物と云うものに関心があった。一朝眼醒むれば有名であった詩人の文句をもじって云えば、一朝眼醒むれば落魄の身の人物に興味を抱いていた。しかし、爺さんを見ると、そんな興味は忽ち消えてしまうから不思議であった。小説的人物を見ようとしているのに、どう云うものか径に繋がれた牛を考えてしまう。

或るとき、大寺さんは路で学校帰りの家主の娘と一緒になった。小娘はお手玉をしながら歩いていたので、大寺さんが追附いたのである。歩いている裡に思い附いて、

——あの爺さんに何か話し掛けて御覧。

と云ったら、

——あのお爺さん、聾なのよ。

と云う返事で大寺さんは憮然とした。

家主の細君は、どう云うものか爺さんのことに触れたがらなかったようである。爺さんの話を聞いたことは一度も無い。一度、大寺さんが、爺さんが銀行の主人だったそうだが……と云い掛けたら細君は、

——あら、御存知でしたの？　ええ、そうですよ。それで……？

と愛想好く笑ったから、大寺さんは黙ってしまった。本来ならそれに続いて滔滔とお喋りが始る筈だから、話題にしたくないのに決っている。

その裡に大寺さんの爺さんに対する関心も淡れてしまって、爺さんを見ても前と同じように、ああ、いるな、と思うに過ぎなくなった。一時は、大きな家に暮した人間が零落してその直ぐ近くの陋屋に住んでいる、一体爺さんはどんな気持でいるのかしらん？　大寺さんはそんなことに関心を持ったこともある。しかし、その頃爺さんは耄碌していたらしいから、案外何でもないのかもしれない、と大寺さんは思うようになった。しかし、そう思うと何だか淋しい気がした。

寒い風の吹く夕方、大寺さんは単調な路を歩いていた。空も寒そうな浅葱色で、西の方に僅かばかり赤い色が残っている。向うから畑仕事を終えたらしい農夫がリヤカアを牽いてやって来て、擦違うとき、

——今晩は。寒いねえ……。

と云った。大寺さんも、今晩は、と云って、トタン屋根の家の近く迄来ると、冴えた金属的な音が鋭く夕暮の空気を貫いた。足許を見ると、椎の実が幾つも転っている。この分では爺さんは一晩中、頭の上に椎の実の落ちる音を聞いて眠れないかもしれない、大寺さんはそう思った。そう思ってから、爺さんが聾だったのを想い出して思わず苦笑した。しかし、苦笑しながら、大寺さんは矢張り淋しい気がした。

大寺さんは落ちている椎の実を幾つか拾うと、それをポケットに入れて持って帰った。

天気が好いのに爺さんの姿を見掛けないと思っていたら、何日かしてトタン屋根の家の硝子戸に忌中の紙が貼ってあった。回覧板が廻って来て、大寺さんも細君も家庭を持って初めての経験だから金子を幾ら包んでいいか判らない。この程度でいいだろうと云う額を紙に包んで、細君が下に降りて行った。

休の日だが、大寺さんはそんな所に顔を出したくない。机の前に坐ってぼんやり頬杖を突いていると、階下でうるさい話声が聞える。それが止んだと思ったら、女二人が出て行く気配がするから窓から覗くと、家主の細君と大寺さんの細君が仲好く並んで小径を門の方に歩いて行くのが見えた。大寺さんの細君は普段着だが、家主の細君はちゃんと黒の喪服姿で、後姿を見ると何だかいそいそとしているようであった。

暫くしたら二人が帰って来て、大寺さんの細君は葬式の様子を話して呉れたが、大寺さんはよく憶えていない。何でも牛乳屋さんは世話人の一人で、珍しく髭を剃って洋服を着て畏っていて、家主の細君が挨拶したら、どう云う訳か真赧になって矢鱈にお辞儀をしていたそうである。

出掛ける前に何を話していたのかと訊くと、家主の細君が幾ら包んだかと訊くからこれこれと答えると、それは多過ぎるからこれこれにしろと云う。それでは包み直して来ると云ったら、此方で立替えてやるからと別の紙に包んで呉れたのだそうである。細君はそれを大いに徳としていたらしいが、大寺さんは何だか爺さんに申訳無いような気がした。

それから、爺さんは火葬にしないで土葬にするらしい、と細君が云ったから、大寺さんは吃驚した。

——火葬にしないのかい？

——ええ、お墓に持って行って、穴を掘って埋めるとかって話してたわよ。この辺じゃそうするのかしら……？

——どうなのかな……。

何故そうするのか、大寺さんには判らない。しかし、その話を聴いたらどう云うものか、爺さんが墓のなかから抜出して、昔の住居の藁屋根の家を訪ねて来て、あちこち歩き廻るかもしれないと云う気がした。そう思ったら、大寺さんも余り好い気持がしなかった。何しろ、開かずの間、と云う奴迄ある。

大寺さんが細君にその話をすると、細君は怕い顔をして大寺さんを睨み附けて、冗談にも云っていいことと悪いことがある、と云うと不意に立上った。それから財布を持って、家主の細君に立替えて貰った金を返しにたいへんな速さで階段を降りて行った。

その日の午后、大寺さんが散歩に出るために階下に降りて行くと、右手の上り口に続く座敷で家主の細君が帳場を外して片附けていた。板戸は開いているからよく見える。

——帳場を取っちゃうんですか?

——ええ、置いといても邪魔なだけですからね……。お邪魔でしょうけれど、二階の奥に置かせて頂きますよ。

二階の奥は開かずの間だから、大寺さんも変な気がする。しかし、大寺さんは家主の細君がその帳場を片附ける気持が、何となく判る気がした。

——お散歩ですか?　少し曇って来たようですね……。

——ええ、ちょっと出て来ます。

門を出ると大寺さんは、雑木林の方に歩き出した。朝の裡は晴れていたのに、いつの間にか曇って雨になるかもしれない。湿った冷い風が吹く。ぶらぶら行くと、葉を落した雑木林の外れに牛が一頭繋がれていた。黒と白の牛で、径の傍の枯れた草のなかに臥て、近附く大寺さんを不思議そうに見ながら口をもぐもぐ動かしている。

一体、何を考えているのかしらん?

と思ったら、その牛は爺さんで、大きな咳をしたから大寺さんは吃驚した。大寺さんは暫く爺さんを見ていた。それから、頭を振るとまたぶらぶら歩き出した。

眼鏡

大寺さんと同年輩の知人は、大抵眼鏡を持っている。細かい活字を見るときは、上衣の胸のポケットか内ポケットから眼鏡を取出して掛け、どれどれ、と云う感じで覗いて見る。或る会の席上で発言していた人物が、何か読上げる必要が生じたら、咳払をして、徐に内ポケットから眼鏡を出して掛けると、それから眼鏡越しに列席者を一渡り見廻した。そのときは雑談していた連中も話を止めて、何だかしいんとして発言者の方を見ていたようである。

同じ眼鏡でも遠くも近くも見えるのかしらん、と思って大寺さんが低声で隣の友人に訊いてみると、そう云う眼鏡の玉の上半分は遠くが見えて、視線を落すと文字が読める仕掛になっているのだ、と教えて呉れた。

——ああ、そうか……。

——君はまだ眼鏡は要らないのか？

——うん、要らない。

——直きに必要になるよ。

——そんなことは無いさ。

お静かに願います、会の進行係が二人の方を見て怕い顔をしたから、その話は中止になった。しかし、何れは必要になるだろうが、差当って眼鏡の必要は無いと大寺さんは思っている。必要が無いと云うのは、無論老眼鏡のことで、そうでない眼鏡なら一つ持っているのである。


十年ぐらい前になるが、大寺さんは一時眩暈に悩まされたことがある。大寺さんは学校の教師をしているが、その頃、教室から自分の部屋に戻って来て少し乱暴に椅子に坐ると、途端に部屋が廻転し始める。椅子の腕木に摑まって凝っと眼を瞑っていると、その裡にやっと廻転が止む。そんなことがよくあった。

学校ばかりではない。自分の家で、ごろんと寝転んだりすると天井が廻り始める。

——始ったな……。

と思って、頭を右か左に向けて凝っとしていると、天井が動かなくなる。身を屈めたり、上を向いたりしても、眩暈を覚えることがあった。

睡人形は頭のなかに錘の仕掛があって、横にすると眼を閉じる。大寺さんの頭のなかにもそれに似た仕掛があって、何かの弾みでそれが、ごとん、と動くか外れるかすると、四囲がぐるぐる廻転し始める。何だかそんな気がしないでもない。

――それは君、貧血だよ。僕もちょいちょいそんなことがある……。

年長の同僚に話したら、そう云って余り問題にしなかった。大寺さん自身も、どうせたいしたことはあるまいと思っているような所があって、別に医者に診て貰う気は無い。しかし、廻転が始ると困るから、なるべく頭のなかの仕掛が動かないように気を附けなければならない。

これが友人や同僚だと冗談半分の恰好で話せるが、細君に話すと医者に診て貰えとうるさく云うに決っているから、細君には話さなかった。大寺さんはその何年か前に病気になって、一年ばかり臥たことがある。何だか具合の悪いことが何度かあって、その度に細君は頻りに医者に診て貰えと云ったが、大寺さんは、うん、その裡に、と云って医者の門を敲く替りに酒場の扉口を潜ったりした。その結果、一年も臥ることになって、その当座は早く診て貰えば良かったと思ったりしたが、癒ったらそんなことは忘れているのである。

或る晩、大寺さんは親しい友人の一人と会って酒を飲んだ。この友人は小説家で、ときどき会って酒を飲みながら話をする。展覧会を観た話とか、歯の抜けた話とか、凌霄花（のうぜんかずら）

が駄目になった話とか、いろいろする。

或るとき、或る所で大寺さんは凌霄花の花を見た。青空を背景に黄色がかった朱色の花が風に揺れていて、なかなかいい。その花が気に入ったので、埼玉の安行に行ったとき凌霄花の三尺ばかりの苗を何本か買って来て、庭のヒマラヤ杉に這上らせることにした。それが七、八尺に伸びて愉しみにしていたら、どこかの仔猫が木登りの稽古をして、気が附いたら凌霄花は悉皆駄目になっていた。そんな話をする。

——それは残念だったろう……。

——うん、がっかりした。

その晩、友人は人の余り知らない信州の田舎へ旅行して来た話をした。鄙びて素朴な所らしく、友人の考えでは少額の心附をやった心算なのに、先方はひどく恐縮して山の芋をどっさり持たせて呉れたそうである。

——いい所らしいね。

——うん、とってもいい所だ。

山の芋で想い出して、大寺さんが月見を注文していると、友人は何とか云う映画を観たかと大寺さんに訊いた。訊いてから、

——きっと、君はまだ観ていないだろうと思うが……。

と云って笑った。友人の云う通り、大寺さんはその映画を観ていなかった。大寺さんは

映画は嫌いではないが、余り観ない。昔はよく観たが、段段観なくなった。別に理由は無い。何となく面倒臭くて行かないのである。しかし、友人の話を聴くとなかなか面白そうである。

——面白そうだね……。

——まあ、気が向いたら観るといいよ。

——うん、そうしよう。

前にも何度か映画の話を聴いて、面白そうだから観ようと思ったことがある。その后で会ったとき、

——あの映画、観たかい？

と訊かれて観ていたことが無いから、友人も半ば諦めているようである。

そのとき、大寺さんは何かの弾みで、冗談のように眩暈の話をした。

——それで、医者に診て貰ったのかい？

——いや……。

——診て貰った方がいいと思うな。

——うん、しかし、たいしたことは無いんだ。

——しかし……。

友人は何か心当りのあるような顔をすると、若しかしたら眼が悪いのではないだろう

か、と云った。それを聞いて大寺さんは吃驚した。眼が悪いと思ったことは一度も無い。

——眼が悪い筈は無いんだが……。

——いや、悪いかどうか判らないが……。

友人の話を聞くと、友人の細君も一頃眩暈がひどかったらしい。矢張り貧血か何かだと思っていたが、或るとき医者に診て貰ったら眼が悪いのではないかと云われた。それから検眼して貰ったら乱視だと判って、眼鏡を作ったら悉皆快くなった。だから、大寺さんの場合もそうではないか、と云うのである。

——そんなことがあるのかね……。

——一度、検眼して貰うといいよ。

——うん、そうしよう。

その友人の話を聞いたら、大寺さんも何となく思い当る節がある。大寺さんは昔から、眼はいい方だと思っていた。遠くから知人が歩いて来ても直ぐ判る。ところが、いつからか判らないが、或はその少し前辺りからかもしれないが、ときどき気が附かないことがある。街を歩いていて誰かお辞儀するから、見るとよく知っている人である。

——どうも、暫くです。

——お元気ですか？

そんな挨拶をして別れる。

バスを待って立っていると、道路の向う側の停留所に立っている誰かが此方を見て笑っている。よく見ると同僚の一人だったりして、おやおや、と思う。しかし、そんなことを気にしたことは一度も無い。ついうっかりして気が附かなかったのだろう、ぐらいに片附けていた。

しかし、友人の話を聞いたら、何だかそれも眼のせいかもしれないと思う。普段、本を読んだり字を書いたりするには一向に不便を感じない。これ迄と変ったと思われる節も無かったから、眼に異状があるとは毛頭考えなかった。

その翌日、大寺さんは机の前に坐って本を一冊開くと、掌で交互に片眼を押えてみた。左の方は別段異状があるとも思えないが右眼で見ると活字が二重、三重になっているから吃驚した。両眼で見ると何でもない。

それから、立上ると窓から片眼を閉じて庭の木を見た。窓近くの木蓮の葉の場合は、右も左もたいして変りは無いが、少し離れた臘梅の葉を見ると、右と左では少し違う。左眼では葉脈もはっきり見えるが、右眼では少し焦点がぼやけているような所がある。三、四度交互に片眼を閉じていたら、

——片眼瞑って……。

——何してるのかしら……？

んでえ、と云った。

——ウインクの真似じゃない……？

細君と中学生の娘の話声がする。大寺さんは仏頂面をして机の前に戻ると、何云ってや

それから何日か経って、大寺さんは電車に乗って或る百貨店に行った。小説家の友人の細君も、そのデパアトで検眼して貰って眼鏡を作ったと云うから、その先例に倣う心算で行ったのである。検眼する所に行って申込むと、少し待って呉れ、と云われた。十分ばかり待つと、

——どうぞ。

と、奥の部屋に入れられた。その部屋には歯医者の椅子のような奴が二脚あって、一方には白髪の老人が坐っていて、背の高い白衣の男に何か調べて貰っている。大寺さんが空いた方の椅子に坐ると、眼鏡を掛けた白衣の若い男が来て、いろいろ質問してそれを書留めたりした。

——眩暈がするんですね？　いつ頃からですか？

とか、頭痛はしませんか？　とか訊く。大寺さんの場合は頭の痛くなったことは殆ど無い。一通り訊き終ると、若い男は奥の方に坐っている主任らしい髭の男の所に行って何か話をした。

それから戻って来ると、いろいろ検査した。しゃもじのような奴を持たされて、視力の検査もされる。大寺さんは昔から、視力は左右とも一・二であった。それが変化したとは考えないから、そのときもその心算でいたら、どうも怪訝しい。下の方の小さな文字迄読める筈なのに、そこ迄行かぬ裡に途中で沈没してしまう。

——怪訝しいな。もっといい筈だと思っていたんだが……。

と大寺さんが独言を云ったら、若い男は笑って、ときと場合で変ることもあるから、と慰めるようなことを云った。それから、大寺さんもよく憶えていないが、目盛の附いたレンズを通して、いろんな図表を見せられたりした。歪んで見えないかとか、曲っていないかとか訊いて、目盛を動かして行く。

——かなりひどい乱視ですね。

——そうですか……。

視力検査から、大寺さんは意気揚らない。

——よくいま迄眼鏡無しでいられましたね……。

そんなにひどい乱視だとは、大寺さんにはどうも納得が行かなかった。しかし、そんな筈は無い、と云うことも出来ない。

——右の方だけですか？

——いいえ、左もあります。

大寺さんはがっかりして、余り口を利きたくない。若い男は検眼用の眼鏡にレンズを二枚差込むと、これを掛けて歩いてみて下さい、と云うから大寺さんは立上って歩こうとすると、眼の前の床が急に大寺さんの方に迫上って来た。大寺さんは驚いて眼鏡を外した。

——これは駄目だ……。

調べたら、若い男が間違ったレンズを入れたことが判って、若い男は大いに恐縮した。それから、別のレンズにして、これが良かろう、と云うことになって部屋を出たときは、眼鏡などどうでもいいと云う気になっていた。しかし、出て見るとちゃんと眼鏡売場があるから、大寺さんは適当な縁を選んで、若い男の書いて呉れた紙を売場の男に渡した。売場の男は、此方の方がいま流行しております、と云ったが大寺さんは流行の眼鏡なんか掛けたくない。三、四十分経ったら出来ると云うから、洋傘を買うことにしてぶらぶら店のなかを歩いて行った。

教えられた通り行った心算なのに、何だか通路のような所へ出たのは路を間違えたかららしい。矢鱈に沢山歩いて来るのは、電車から降りた人である。大寺さんは引返そうとして、人混みのなかに知った顔を見附けて些か嬉しかった。眼鏡無しでもちゃんと判る、と思ったのである。大寺さんが傍に行って、

——やあ、暫く。

と云うと、相手の女性は、あら、先生、と懐しそうな顔をした。大寺さんはその女性を

「マダム」としか呼んだことが無い。名前も知っているが、名前を呼んだことは一度も無い。マダムは新宿の外れで小さな酒場をやっていて、その酒場に大寺さんはちょいちょい行ったことがある。尤も一年ばかり前に店を止めてしまったから、マダムに会うのも一年振りぐらいである。大寺さんも懐しそうな顔をしていたことと思う。

――珍しい所で会うもんだな。此方の方にはよく来るのかい？

――いいえ、今日はちょっと暇が出来たので、映画でも観ようかと思って……。

――ああ、そうか……。

傘を買うのは後廻しにして、久し振りだから、大寺さんはマダムと駅の傍の珈琲店に行った。映画を観ると云うから、それが友人の話して呉れた映画ではないかと思って訊くと、マダムの観るのはその映画ではなかった。

――一緒に観に行かないこと？

――それ、面白そうなのかい？

――そうらしいんだけど……。

――まあ、今日は止めとこう。

或は、友人の話して呉れた映画だったら一緒に行ったかもしれない。マダムが大寺さんに、何用で此方へ来たかと訊いたから、眼鏡を買いに来たと話すとマダムはくすくす笑った。

──あら、もう老眼？

──冗談云うなよ、乱視だよ。

そう云ってから気が附いたが、乱視だからと云って別に威張れたものではない。大寺さんはマダムも眼鏡を持っているのを知っている。普段は掛けないが、手提袋のなかに入れていて、映画を観るときは出して掛ける。大寺さんは前に二、三度マダムと映画を観たことがある。一度は「巴里祭」と云う古い映画で、何だか懐しいから一緒に観に行った。一人では面倒臭いと云うが、案外調子の好い所もあって、美人に誘われたりした場合はこの限りではないのである。そのとき、大寺さんは色褪せた押花を見た気がしたが、マダムは、

──矢っ張り、いいわね……。

と昔を懐しがっていた。そのときもマダムは館内が暗くなると眼鏡を掛け、明るくなる前に外した。近視と乱視がある、と大寺さんは聞いたことがある。

それを想い出して、

──眼鏡は持ってるかい？

と訊くと、マダムは笑って手提袋を叩いてみせた。ちゃんと入っていると云う意味らしい。それから間も無く、大寺さんは珈琲店の前でマダムに別れて眼鏡売場に行った。別れるとき、前にマダムが仕事を始めると云っていたのを想い出して、

——仕事は旨く行ってるの？

と訊くと、旨く行きつつある、と云う返事であった。

検眼して呉れた若い男は大寺さんに、眼鏡を常用するようにと云った。しかし、大寺さんは折角作った眼鏡を余り用いなかった。尤も最初の裡は珍しい気分もあって、本を読むときに掛けたりしたが、どう云うものか馴染めない。眼鏡を掛けると、見えることはよく見える。ちょっと離れた所にある本の背文字の小さな活字も、眼鏡を掛けるとはっきり見える。しかし、眼鏡を掛けないで本を読んでも、ちゃんと見えて支障は無い。

大寺さんが眼鏡を掛けないのを見て、

——眼鏡を掛けた方が、眼のためにいいんじゃなくて？

と細君は云った。大寺さんもそうだろうと思うが、掛けなくても見えるのだから無理に掛けることもあるまい、と云う気がしないでもない。

——一体、どうして乱視になったのか？

大寺さんにはそれが判らなかったが、細君は簡単にこの疑問を解いてしまった。前に一年ばかり病気したとき、臥た儘本を読んだのが原因だと云うのである。大寺さんは臥ていて退屈だから、専ら落語全集とか捕物帳の類を沢山読んだ。それで乱視になったとすると、大きな顔は出来ない。

——そのせいか……。

——そのせいよ。

もう一つ、眼鏡を作ったら、その眼鏡をしょっちゅう掛けている訳でも無いのに、眩暈が次第に遠退いたのはどう云う訳か判らない。何とも納得が行かない。

大寺さんの先生の所で、庭に土竜が出て困っていたことがあった。或る人がその話を聞いて、土竜退治の妙薬とやらを小包で先生の所に送った。それがどうして土竜に判ったのか不思議だが、小包が届いたら、途端に先生の庭の土竜は一斉にどこかに逐電してしまったそうである。驚いたよ、君、たいへんな薬だよ、と先生が云ったのを大寺さんは憶えているが、眼鏡を買ったら眩暈が遠退いたのは土竜と薬の関係に似ているようでもある。心理学をやっている友人にこの話をして聞かせて、説明を求めたら、

——此方も忙しいんだからね、あんまり莫迦なこと云わないで呉れよ。

と相手にされなかった。

多分、眼鏡を作って一ケ月ばかり経った頃だったと思う。大寺さんが学校の自分の部屋で、窓の外の黄ばんだ銀杏の葉を見ながらぼんやり烟草を喫んでいると、同僚の一人が這入って来て、

——あのマダム、死んだそうだね……。

と云った。大寺さんも既に知っていると思っているらしい口吻だが、大寺さんは最初誰

のことか判らなかった。訊いてみると、例の「マダム」のことだから大寺さんは呆気に取られた。この同僚は前に何度か大寺さんと一緒にマダムの酒場に行ったことがあって、無論、マダムを知っているのである。

——いつ？　僕はこないだ偶然会ったんだがね……。

——一週間ばかり前だそうだよ。

——ふうん、知らなかったな……。

——何だ、知らなかったのか？　僕も人から聞いたんだが、何でも自殺したそうだ。

——自殺？

大寺さんは吃驚した。マダムと自殺は、大寺さんの頭のなかではどうも結び附かない。何とも納得が行かなかった。何故自殺したのか？　同僚もその点は知らなかった。大寺さんがマダムにひょっこり会ったのは一ケ月程前だが、そのときはそんな気配は全く無かったと思う。恐らく、マダム自身もそんなことは些少も考えていなかったろう。

——どうも、判らんもんだね……。

——うん、判らんもんだ。

それから二人で暫く、マダムやマダムのやっていた酒場の話をした。

——紅茶でも飲もうか？

——うん、御馳走になろう。銀杏が大分黄色くなって来たね……。

大寺さんは立上って、本棚の下から紅茶茶碗を取出そうと身を屈めた。ごとん、頭のなかの錘の仕掛が動くか外れるかして、忘れていた眩暈が不意にやって来た。どうして仕掛が動いたのか判らない。気を附けなくちゃ不可ない。凝っとその儘の姿勢でいると、どこか遠くで古い懐しい旋律が聞えるような気がした。

大寺さんは、或る夕方、新宿へ飲みに出ようとして電車に乗ったら、途中でマダムが乗って来たときのことを憶えている。電車は空いていて、夕刊を見ていた大寺さんが眼を上げると、マダムが大きな風呂敷包を抱えて乗って来て、斜め向うの座席に坐った。近視で乱視だから、どうせ気が附くまい。そう思っていたら、マダムは直ぐ大寺さんに気が附いて、自分の隣の空いた席を叩いてみせた。

——これから出掛けるのかい？

大寺さんがマダムの隣に坐って訊くと、

——ええ。少し遅くなっちゃったわ。

と云った。大きな風呂敷包を見ると、どうも酒が二本入っている恰好である。酒場のマダムだから酒を持っていても不思議ではないが、自分で運んで行くと云うのは余り聞いたことが無い。酒屋が店に届けるのが普通だろうと思う。

——お酒、自分で運ぶのかい？

――あら、これ？　これは貰いもの……。

話を聞いたら、マダムの近所の知人が酒をやると云ったので、その家に寄って貰って来たと云う。そこで茶を飲んでお喋りしていたので、少し遅くなったと云うことらしい。

――ふうん、その貰った酒を僕が飲むと、ちゃんと金を取られる訳か……？

――そりゃ、そうよ。

マダムは嬉しそうな顔をして、大寺さんの所に余っているお酒があったら歓んで頂戴すると云ったが、大寺さんは一向に嬉しくない。大寺さんの所に、余っている酒がある筈が無い。しかし、念のため、その場合も金を取られるのか？　と訊いてみるとマダムは訊くだけ野暮だろうと云った。無論、お金は間違無く頂く、と云う意味である。

――商魂逞しいって奴だな……。

大寺さんが冷かすと、

――そのぐらいにしなくちゃ、お金って溜らないものよ。

とマダムは澄していた。その后、大寺さんはマダムに引張られてその酒場に行ったら、手伝の女が店を開けていて、顔馴染の常連が二人ばかり早早と坐っていたので大寺さんは驚いた。

マダムの店は浄水場の近くの小さな横町にあって、店の名前は「蘭」と云った。何の風情も無いちっぽけなスタンド・バアで、八、九人客が這入ると満員になった。裏手に小さな川があって、ちょっと川を見て来る、と云う客がいればそれは常連で、自然の要求に応じて来ると云うことである。一度、川を見に行った客が帰って来て、

——蛍がいましたよ。

と云った。物好きな客が二人ばかり、どれどれと見に行ったが、蛍なんかいやしないじゃないか、と戻って来てみんな大笑した。いくらその頃でも、そんな川に蛍がいる筈が無い。しかし、その后暫く、川を見て来ると云う替りに、ちょっと蛍を見て来る、と云うのが流行ったから妙なものである。

客は大抵常連で、それも中年、若しくは初老、中老の客が多かった。マダムはなかなか美人で、それに何となくお上品な所もあったから、年輩の常連も何となく紳士らしい顔をしていたようである。店はそんな常連で満員のことが多い。大寺さんがマダムの店に行く途中、マダムの店からの帰りらしい常連と擦違ったりすると、

——いま行くと坐れます。

と教えて呉れたりする。顔馴染だから教えて呉れる訳だが、知らない人が聞いたら何だか可笑しいだろうと思う。

大寺さんが誰かと駅の東口で飲んで、マダムの店に行こうと云うことになると、地下道を抜けて西口へ出て甲州街道の方迄歩いて行かなければならない。その頃は大寺さんも若かったから、別に面倒だとも思わない。一つのコオスがあって、そのコオスを一通り廻ら

ないと気が済まないような所があって、マダムの店が出発点になることもあるし、終点になることもある。

　地下道を出ると、線路沿に飲屋の塊っている一角があるが、それを除くと西口一帯は荒涼たる広い空地で、暗い道を歩いて行くと所どころに女が立っていたりした。

　——あれはね、女じゃないんだぜ。男なんだ……。

　友人の一人がそう教えて呉れて、ああ、そうか、と大寺さんは気が附いたことがある。

　大寺さんはマダムと同じ電車の沿線に住んでいたから、マダムの店で遅くなったときは一緒に終電車で帰ることがよくあった。マダムが降りてから、大寺さんはまだ三つ四つ先の駅迄乗って行く。手伝の女の子はいつも先に帰ってしまって、店に客は大寺さん一人になることがある。

　——もう店を閉めたらどうだい？　誰も来ないよ……。

　大寺さんがそう云うと、マダムはとんでもないと云う顔をした。

　——あら、駄目よ。まだお客さんが見えるかもしれませんもの……。

　成程、マダムの云う通り、それから間も無くすると、酔っ払った客が這入って来て、マダムは嬉しそうな顔をしてジン・フィズか何か作ったりする。マダムの眼には、すべての酒徒は金に見えるらしく、勿体無くて早く店を閉める気にはとてもなれない、と云うのを大寺さんは聞いたことがある。一度、マダムと二人で帰るとき、あと片附しているマダムに、どこかに寄道して飲もうか？　と声を掛けた。

——あら、それなら、うちで召上ったらいいわ。

こんなときは、冗談を云っても通じない。

——そうかい。それじゃ御馳走になろうか……。

——先生、お勘定は頂きますよ。

とマダムは大寺さんの顔を見た。そんなに儲けようとしなくたっていいだろう。大寺さんとしてはそう云いたくなる。それを聞いたらマダムは何のためか急に低声になって、

——ほんと、とっても儲かるのよ……。

と云った。大寺さんは何となく味気無い。一体、そんなに儲けてどうするんだい？　と訊くと、

——夢があるのよ、でもそれはまだ内緒……。

とマダムは愉しそうに笑った。

大寺さんは一度、マダムの家に行ったことがある。マダムの家に近い映画館で、何とか云う映画をやっているから観ないかと誘われて、大寺さんはふらふら観に行った。どんな映画だったか憶えていないが、マダムが眼鏡を掛けたのは憶えている。眼鏡を外すと序に半巾で眼を拭いていたから、悲しい話だったかもしれない。

外へ出たら夕暮で、大寺さんが新宿へ出てみようかと云うと、マダムは休の日に新宿へ出るのは気が進まない。

——それより、うちでお茶でも飲んでらっしゃいよ。

と云って、マダムの家に行った。マダムの店が休の日だから日曜日だったと思う。何でも十分ばかり歩いて行くと住宅地になって、大きな石の門のある二階建の洋館がマダムの家であった。

——何だ、立派な家じゃないか……。

——見掛けだけ……。

木犀の香が漂っているから、お宅に木犀があるのか？　と訊いたらマダムはそれには答えず、急いで玄関の呼鈴を押した。玄関の扉がなかから開いて、マダムは低声で何か云っていたが、大寺さんには誰が開けたのか判らない。

玄関傍の洋間で、大寺さんは暫く待たされた。殺風景な部屋で、古びた長椅子と安楽椅子と卓子の他何も無い。壁紙の色の具合から、以前にはピアノとか大きな額とかいろいろあったように見えるから、余計殺風景な感じがしたのかもしれない。戦前は裕福な方だったが、戦后父親がどうとかして暮しに困るようになった、と前にマダムが話すのを大寺さんは聞いたことがある。

奥の方で話声がしていたのが止んだら、しいんと静まり返ってしまった。どう云うことになっているのか、さっぱり判らない。灰皿が無いから、部屋の隅にあった空の花瓶を持って来て灰皿にした。普段、客も余り来ないのかもしれない。ぼんやり烟草を喫んでいると、やっと廊下にスリッパの音がして、マダムが這入って来た。

お銚子の二本載った盆を持っている。

——お茶よりお酒の方がいいでしょう? でも、これしか無いのよ。いいかしら?

酒を出されるとは思っていなかったから、大寺さんは些か面喰った。いいかしら? と云われて、不可ません、とは云えない。結構ですと云って、じゃ遠慮無く頂戴しようかな、とマダムの顔を見たら、どうぞと愛想好く注いで呉れて、お勘定を頂きます、とは云わなかった。

——あら、灰皿が無かったのね……。御免なさい。

——いや、これでいい。

一本を空にした頃、とんとん、と扉を敲く音がした。マダムが立って行って、扉口で鮨を二人前受取って来て卓子の上に置いた。誰が持って来たのか、大寺さんには判らなかった。マダムの店と違って、独りで飲んでいると何となく落着かない。何だか長居し難いような所があって、大寺さんは残った酒を飲み鮨を摘んで帰って来た。マダムとそのときどんな話をしたか大寺さんはよく憶えていないが、多分昔の映画の話でもしたのだろうと思う。

玄関を出ると、闇のなかに木犀の強い香がする。門迄送って来たマダムに、
——木犀がよく匂うね……。
と云ったら、マダムは、
——お隣に大きな木があるのよ。
と云った。

大寺さんの頭のなかに、古い唄とか旋律が消えずに残っていて、何かの切掛でひょっこり出て来ることがある。遠い昔、ジャック・シェパアドと云う追剝がいて……と話していると、昔観た「三文オペラ」と云う映画の主題歌が不意に甦って、頭のなかで話の伴奏を始める。伴奏をしている裡はいいが、その裡に唄の方が気になって、話の方が頓珍漢になり掛けて吃驚する。それからまた、古い唄とか旋律が甦ると、それに関聯して想い出したりする人や場所もある。

大寺さんは十年前に作った眼鏡をいまでも持っているが、絶えて使ったことが無い。その后、どう云うものか眩暈も消えてしまった。しかし、眼鏡は手匣のなかに入っているから、偶に悪戯半分に掛けてみることもある。乱視がその后どうなったか知らないが、掛けても十年前と変っているようには思えない。そんなとき、ひょっこり、古い唄が浮んで来たりする。

大寺さんは、マダムの店の常連のなかに、唄の好きな客のいたのを憶えている。肥った中年男で、いつもジン・フィズを飲んで、何となく歌い出す切掛を待っているような所があった。旨く切掛を摑んで歌い出すこともあれば、そうでもないときはマダムが、

――今夜は歌って頂けませんの？

と切掛を作ることもある。この客が立って歌い出すと、他の客も何となくつられて歌い出す。歌い出すと弾みが附いて、頭の白い客も赤い顔をして大きな声で合唱した。合唱する唄は「会議は踊る」の主題歌とか、「巴里祭」「狂乱のモンテ・カルロ」とか古い映画の主題歌が多かった。それは無論客の好みもあったろうが、寧ろ、マダムの好みに合せていたようである。

歌う唄は大抵決っていて、一通り歌うと肥った中年男はマダムに一礼して「ロング・ロング・アゴオ」をいい声で歌った。なかなかこの唄が出て来ないと、マダムが、

――ロング・ロング・ロング・アゴオを歌いましょうよ……。

と提案することもあった。マダムはこの唄が好きで、一緒になって歌うのを大寺さんは何遍も聴いたことがあるが、唄はお世辞にも上手いとは云えない。

客のなかに一人異端者がいて、みんな合唱しているときも、つまらなそうな顔をして酒を飲んでいた。五十恰好の瘦せた男で、ロング・ロング・アゴオって云うのは長い長い顎って云うことだろう？　と肥った男に訊いたことがある。

一度、ちっぽけな店が割れるような合唱をやっていたらこの人物が這入って来て、唄が終ったとき、

——何だい、ろうちえんだね……。

と云った。誰かがどう云う意味かと訊くと、幼稚園じゃないから老ち園で、その「ち」は白痴の「痴」だと註釈を加えて、危く喧嘩が起りそうになった。何だか唄を眼の仇にしているような所があった。しかし、大寺さんの見た所では、肥った男を眼の仇にしていたようである。或るとき、この人物を暫く見掛けないのに気が附いてマダムに訊くと、

——さあ、どうなさったのかしら？

と知らない顔をした。その后終電車で帰るとき、その人物がマダムに求婚したと云う話を聞いて、大寺さんは意外に思った。それから、ははあ、と合点が行った。何と断ったのか大寺さんは知らないが、マダムは目下結婚なんて全然考えていないのだから、と怒ったような口調で云った。その人物に求婚されて、腹を立てているような所があった。大寺さんはマダムが一度結婚に失敗したと聞いたことがあるが、それ以上のことは知らない。

多分そのとき、大寺さんはマダムから宝石店を出す心算だと云う話を聞いたように思う。

——それが、マダムの云っていた夢って云う奴かい？

——そうよ。

何故宝石店を出すのか、その理由も聞いた気がするが大寺さんは忘れてしまった。宝石には縁が無いから、好い加減に聞いていたのだろう。憶えているのは、求婚の話のときと違って、マダムが莫迦に嬉しそうな口吻だったことである。

マダムはそれから間も無く店を止めた。その后のことは、大寺さんは知らない。店を止めたのは、無論、念願通り大いに儲けたから宝石店の仕事を始めるためだったろう。大寺さんがデパアトで会ったとき、仕事は旨く行っていると云っていたから、順調に運んでいたらしい。ところが、或る男に欺されて、折角溜めた金だか財産を悉皆横取されてしまった。マダムが自殺したのは、夢が破れたからである。大寺さんはこの話を、マダムが死んで大分経ってから、或る人から聞いた。

——気の毒な話です。しかし、あのひとは自分で利口だと思っていたのでね……。そう云う女は得てして男に欺されるようです。

話して呉れた人は、そんなことを云った。大寺さんには、マダムが利口と思っていたかどうか判らない。しかし、その話を聞いたら、どう云うものかマダムの好きだった唄を想い出したりした。

マダムが店を止める前の年の暮、大寺さんが誘うと珍しくマダムが同意して、沿線にある大寺さんの懇意な親爺の店に行ったことがある。店を閉め掛けた所で、店の灯は半分暗くしてあった。マダムは余り飲まないから専ら食べる。大寺さんは一人で酔っ払った。マダムと話しながら飲んでいる裡に、話より唄の方がいい、唄を歌って呉れ、と大寺さんは云ったようである。コップ酒を飲んでいた親爺が吃驚した。

——駄目だよ。唄なんか歌っちゃ……。

——大丈夫だよ、小さい声で歌うから……。

——ほんとかい？　そんじゃ、ほんとにちいちゃい声でやって下さいよ。もう、遅いんだからね。

——うん、ちいちゃい声で頼みます。

——いいわ、今夜は忘年会だから……。

マダムはそんなことを云って、小さな声でロング・ロング・アゴオを歌った。小さな声で歌うと、マダムの店で聞くより迥かに良かった。店の灯が暗かったのも、良かったのかもしれない。暗い店で小さな歌声を聴いていると、何だかいろいろ忘れていることがぐるぐると動き出すようであった。マダムは遠い所を見るような顔で歌っていたが、その唄と共にマダムに何が甦ったのだろう？

唄が終ったら、親爺が中途半端な顔をして、

——一体、何て云う唄だね？

と訊いた。
――遠い遠い昔、って云う唄だ。
と、大寺さんは云った。

竹の会

その頃、学校に創作合評会と云う会があった。会長は「早稲田文学」主幹の谷崎精二先生で、集った学生の生原稿を谷崎さん他数人の先生が読んで来て会場で批評する。その裡の一篇を早稲田文学に紹介する。会場は文学部前の高田牧舎の二階か、学校附近の喫茶店「鷹樹」の二階であった。この会に短篇を出したらそれが早稲田文学に載って、切手で二円貰った。お蔭で谷崎さんに顔と名前を憶えられた。

大学一年のときで、学校では谷崎さんの講義を聴いていたから、顔と名前を憶えられて都合の悪いこともある。或る夕方、友人と一緒に新宿を歩いていて、谷崎さんに呼び止められた。此方はぼんやりしていて先生に気附かなかったから、声を掛けられて吃驚した。

――君、君、今日は何故欠席しましたか？

――はあ……？

——学校を休んで、酒飲んでちゃ不可(いけ)ませんね。

——はあ……、どうも。

先生もどこかに飲みに行かれる途中らしく、難しい顔ではなかったが、具合の悪いことに変りは無い。尻尾を巻いて怱怱に退散した。

教室の谷崎先生は謹厳そのもので、にこりともなさらない。みんな、しいんと畏っていたようである。一年のときの谷崎さんの時間は「小説」となっていたが、これは英吉利の小説を読むと云うことで内容は講読と同じであった。確かハアディの「緑の樹蔭」を読んだと思う。学生に訳読させて、それから先生が読んで訳を附ける。

先生の英語の読方には一種独特の調子があった。読んで行く裡にだんだん調子が高くなって、登り詰めたと思うとまた次第に低くなって、下迄来るとまた登り始める。級友にたいへん真面目な男がいて、先生の読方を拳拳服膺(けんけんふくよう)してそっくり真似して読む。余程熱心に練習したのに違いない。この学生が指名されてテクストを読み出したら、先生とそっくり同じ調子だから何だか可笑しい。思わず谷崎さんの顔を見たら、先生は難しい顔の儘であった。

先生は教室では滅多に怒らなかったが、一度だけ怒る所を見たことがある。話好きの友人がいて、話し出すと際限が無い。或るとき、喫茶店で話を聞いていたら、谷崎さんの時間が始っているのに気が附いた。好い加減聞き飽きたから二人で授業に出ることにして、こっそり教室に這入って後の席に坐った。授業が終ったら、話好きの友人はのこのこ教壇の方に歩いて行った。欠席を遅刻に訂正して貰うためだが、僕は面倒臭いから別の友人と話していた。

何だか様子が変なので教壇の方を見ると、先生がその友人を叱っている。当人は前の晩友達の所に泊って、その儘学校に出て来たから浴衣を着ていた。それを忘れていたのかもしれない。

——浴衣掛で教室に来るとは、どう云うことですか？　寄席じゃあるまいし、失礼じゃないか。一体、君は……。

話好きの友人はしょんぼり下を向いて、一言も喋らないのである。

早稲田文学に短篇が載って間も無く、清水町の井伏鱒二氏のお宅を訪ねたら、今夜は早稲田文学の会があるから一緒に行こうと云われて、清水町先生に随いてその会に出たことがある。会場は東海通の「末広」の並びにあった、昔の「樽平」の二階であった。多分、月に一度そこで例会があったのだろう。会費は一円だったと思う。

井伏さんのお宅で将棋を指して、会には少し遅れて出たと思う。二階に上ると十数人の人が鍋を囲んで酒を飲んでいて、正面に谷崎さんの顔があった。尤も、此方は先生の顔しか知らない。その先生が井伏さんを見たと思ったら途端に、

——よう、よう。

と頓狂な声を出したから吃驚した。

――大家の御入来とは恐れ入りました。また一段と恰幅が良くなって、押しも押されもせぬ大家だな……。

井伏さんが何と応対されたか忘れたが、教室では謹厳そのものの谷崎先生が相好を崩して軽口を叩かれるので呆気に取られた。その会の間じゅう一座の人を相手に冗談を云ったり洒落を飛ばしたり、ときには「ひゃあ」と突拍子も無い声を出したりして、教場の先生とは別人のようであった。

しかし、教室に出てみると、先生は相変らず難しい顔でにこりともなさらない。仲間に樽平の谷崎さんの話をしたら、近寄り難い先生にそんな面があったのかと皆意外な顔をした。教室と酒場とは違うが、ときには息抜きに表情を柔らげて頂きたい、そんな気持が強かったのかもしれない。その次の谷崎さんの時間になったら、仲間の一人が手を挙げて、

――先生、今日は「奇蹟」の話をして頂けないでしょうか？

と申出た。続いて、葛西善蔵の話をして下さいと云う者もあった。突然そんな申出があって、谷崎さんも意外だったかもしれない。難しい顔が少し緩んだと思ったら、

――そう云う話は教室ではしません。

と、簡単に断られてみんながっかりした。もし、そう云う話が聞きたければ家の方に来なさい、と云うことだったが誰も行かなかったのではないかと思う。

谷崎さんが「奇蹟」の同人だったことは誰でも知っていて、その話を聴きたいと思っていた。同時に、講義の脱線することを希望する気持も大いに強かったから、そう云う話は先生のお宅ではなくて是非教室で聴きたかったのである。別に先生に確めた訳では無いが、谷崎さんは教室での脱線とか雑談は飽く迄避ける方針を取っていたようである。

谷崎さんの名前を口にすると決って先生が近くに現れることがあって、油断がならなかった。或る日、何かの授業が終ってどやどや階段を降りて行く途中、その次の谷崎さんの時間を何となく休みたくなった。直ぐ前を降りて行く友人に、

——おい、矢島、この次の谷崎さん、さぼらないか？

と声を掛けた。矢島は振返って何か云い掛けたと思ったら、不意に前を向いてしまった。近くの連中の様子も何だか変だから振返ると、直ぐ背後から谷崎さんが苦笑しながら降りて来る。これには閉口した。失礼しました、と云う心算でお辞儀をしたら、

——いや……。

と先生もさり気無く会釈された。そうなると、とても休めない。

或る晩、伊東と云う友人と「秋田」と云う店に行った。その頃、秋田は新宿御苑近くの何だか暗い横町にあった。谷崎さんはいないだろうな。いたら帰ろう、と話しながら行ってみると満員で坐れそうにない。直ぐ空きますよ、と店の者が云うから入口に立ってどう

しようかと話していると、僕の名前を呼ぶ声がする。見ると奥の方に谷崎さんが誰か連の人と一緒に坐っていて、笑いながら、

——満員です。御気の毒だが御引取り願いましょう。

と高い声で云うのである。

早速逃出すことにしたら、先生は指を二本額に当てるとその手をくるりと廻した。「モロッコ」のゲエリイ・クウパアの敬礼に追立てられた恰好で、われわれの方にいい所は少しも無い。

学校の近くに新劇の役者の細君が経営する「ドム」と云う喫茶店があって、或る日、四、五人の仲間とその店の二階に坐っていた。出窓の鉢植の桜草にうらうら春の陽が落ちて、学校は始ったばかりだったせいか、辺りも何となく閑散としていたようである。不意に、どかんどかん、と矢鱈に大きな音がした。続いて大きな爆音が聞えるから、みんな驚いて窓から首を出して見ると、翼に丸に星の印を附けた飛行機が直ぐ頭の上を飛んで行った。左手の騎兵聯隊の上空辺りに、丸い白い煙が幾つも浮んでいる。

それがドウリットルの東京初空襲で、どかんどかん、は高射砲の音だと判ったのは后のことである。そのときは何が何だか、さっぱり判らない。空襲ならサイレンが鳴る筈だが、サイレンが鳴らないから違うだろう。一見、亜米利加の飛行機らしいが、演習にしては念が入り過ぎている。みんな、口ぐちにそんな勝手なことを云っていたら、角帽を被っ

て腕章を巻いた学生が自転車を走らせて来て、メガフォンを上に向けると、

――こら、そこの不心得者、早く所属の学部に戻れ。

と怒鳴った。生意気な野郎だとみんな腹を立てたが、何だか容易ならざる状況らしいから表へ飛出した。向うの通を人が駈けて行く。つられてその通迄行ったら、先方の岡崎病院から煙が出ていて、看護婦や男が担架で病人を運び出しているのが見える。それを見たら、たいへんなことが起ったような気がした。

文学部へ行ったら事務所の前に学生が三、四十人集っていて、ゲエトルを巻いた年輩の事務主任に引率されて大隈庭園に行った。出発の前に事務主任は昂奮した口調で演説をした。あれは亜米利加の飛行機に間違ありません。但し、どこの基地から飛んで来たのか不明であります、と云う趣旨の演説で三分と掛らなかった。或は、ラジオの報道を学生に伝えただけだったのかもしれない。文学部学生は庭園の警備に当ると云う任務だったらしいが、行って見たら、春の陽を浴びた庭園には植木職人の鋏の音が聞えるばかりで何しに来たのか判らない。ぶらぶら歩き廻ったり、芝生に寝転んで烟草を喫んだりしている裡に終になったようである。

学生の頃、この庭園に入ったのはこのとき一度しか無い。書院造の建物があったことは憶えているが、はっきり想い出せない。この庭園も、その后の空襲で滅茶滅茶になってしまった。戦后間も無くこの庭を覗いてみたら、殺風景な広い空地同然になっていて、荒れ

た築山の上に新聞紙を敷いて復員服姿の学生が一人、寒い風に吹かれながら黙黙と弁当を食っていた姿がいまでも眼に見える。

空襲の后何日間か忘れたが燈火管制が施かれて、夜の東京は真暗になった。友人の伊東が暗い街を歩いてみようと云い出して、新宿に出たら人がぞろぞろ歩いていて何の変哲も無い。その頃、吉祥寺の小さな古本屋の棚に谷崎さんの本を見附けた。紙表紙の小説集で、何と云う題名だったか憶えていない。店先で拾い読みしていると、酒場に這入った若い男に女給が、

——今晩は、愛して頂戴ね……。

とか云う所があって、おやおやと思った。暗い通でも眼が馴れるとかなり良く見えるから、歩いている裡に酒場の女らしいのを見掛けて、その本を想い出したのかもしれない。伊東に話してやろうと思って、

——こないだ、谷崎さんの……。

本、と云い掛けたら、眼の前の人物が、やあ、と帽子に手を掛けた。見ると当の谷崎先生で、和服姿にステッキを振りながら、君、君はどこで飲みましたか？　と訊かれた。

その頃、谷崎さんのお宅は牛込原町にあって、何度か行ったことがある。新宿角筈の「オリンピック」の傍から若松町の方へ行く市電が出ていて、それに乗って行くと、確か

若松町の次の牛込柳町の通から少し入った閑静な横町にあった。古ぼけた木の門柱に、標札と一緒に「早稲田文学社」と書いた木の札が掛けてあった。

初めて谷崎さんのお宅を訪ねたのは、大学二年のときだったと思う。良かったら雑誌に載せるから原稿を持って来なさい、と云われて原稿を持参した。廊下を通って行くと奥に先生の書斎があって、二方が庭に面していたことしか判らない。その書斎に坐って、先生と何を話したのかさっぱり記憶に無い。話したと云うより、先生が喋るのを畏って聴いていただけだったろう。

谷崎さんは原稿をちょっと覗いて、

——これは、井伏君も見ましたか？

と訊いた。井伏さんに原稿を見て貰っていることは、先生も知っていたのである。その作品は井伏さんはそう悪くないと云われました。つらつら考えてみると、井伏さんに褒められた記憶は一向に無いから、まああの所だと云われたのを、そんな風に答えたかもしれない。

——ああ、それならいいでしょう。

先生はいとも簡単に点頭かれて、その作品は間も無く早稲田文学に載った。谷崎さんは井伏さんの云うことなら間違無い、と思っていたようである。

牛込のお宅には、その后何遍かお邪魔した。その間に先生は再婚されたが、此方はそんなことは全く知らなかったから、何度目のときだったか玄関に奥さんが出て来られて吃驚した。その頃先生は五十二、三だったと思う。

或るとき、友人の矢島が谷崎さんの所へ行って写真を撮りたいと云うので一緒に出掛けた。先生は別に厭だとも云わなかった。

——写真？　写るんですか？

——写ります。

矢島が保証して、それから縁側の籐椅子に谷崎さんを坐らせてぱちぱちやった。谷崎さんと僕の並んだ写真も撮った。

——その写真は貰えますか？

——はい、差上げます。

その后お茶を喫んでいるとき、矢島が昔の何とか云う雑誌を見ていたら、谷崎潤一郎、精二兄弟が並んで写っている子供の頃の写真が載っていた、と云う話をした。どうです、僕の方が迥かに眉目秀麗だったでしょう？　すかさず先生がそう云った。

写真の出来るのを愉しみにしていたら、或る日、谷崎さんの講義の始る前に矢島が隣に坐って、ちょっとちょっと、と内緒話をする顔をした。何だと思ったら、例の写真はみんなぴんぼけで駄目だったと云うからがっかりした。谷崎さんに、写ります、差上げます、と請合った手前、矢島も困ったらしい。頼むから、君から谷崎さんに何とか云って呉れ、と云うのである。

――厭だよ、自分で云えよ。

――頼むよ。

仕方が無いから、授業が終ってから二人で先生の所に行って、あの写真は写っていなかったそうです、と云ったら横で矢島がぴょこんとお辞儀した。なあんだ……、と先生もがっかりしていたようである。

矢島は徳田秋聲の甥だとかで、卒業后のことだが、秋聲が亡くなったとき矢島の撮った写真を貰った。棺に納った秋聲の顔が写っているが、それもぴんぼけに近くお世辞にも好い写真とは云えない。写真機が悪かったのか腕前が悪かったのか、多分その両方だったのだろう。矢島も小説を書いていたが、その后間も無く兵隊になって戦死した。その秋聲の写真はいまでも持っているが、それを見ると二人で谷崎さんのお宅に行ったときのことが懐しく甦る。

矢島が秋聲の家に行ったとき、一緒に行った矢島のお母さんが、黙っていればいいのに、

――この子も小説書いてるんですよ。

と云った。秋聲先生は怖しく不機嫌な顔をして、莫迦な真似は止せ、と吐き捨てるように云った。矢島は笑いながら、そんな話をしたことがある。

卒業前に、文学部前の石段の所でみんなで撮った写真がある。その頃英文科卒業生は国文科と共に一番多かったが、それでも四十人といない。仏文科は五、六人だったし、独文科は二、三人に過ぎなかった。その写真には谷崎先生も写っている。夏服に蝶ネクタイを附け、パナマ帽とステッキを手に持って、矢鱈に難しい顔でレンズの方を睨み附けている。夏姿なのは、卒業が繰上げで九月になったからである。

写真を撮るとき、日夏耿之介先生は二階の教員室に坐っていて降りて来なかった。級委員が日夏さんを呼びに行ったら、先生はじろりと委員を見て、

——その写真には某も入るのだろう?

と怕い顔をした。某と云うのは英文科の偉い先生だから、無論写真には入って頂く。現に石段の所に立っておられる。そう云ったら日夏さんは、俺はあんな俗物と一緒に写真に写るのは真平だ、とそっぽを向かれて頑として応じなかった。

卒業して暫くして、阿佐ケ谷の古本屋に這入ったら日夏さんがいた。挨拶したら先生は頗る御機嫌で、面会日はしかじかだから、ちと遊びに来給え、と云った。気難しい詩人が何だか人懐っこい淋しがり屋のように思われて意外な気がした記憶があるが、遊びに行く方は御遠慮申上げたから確かな所は判らない。

牛込の谷崎さんのお宅には、卒業后も二、三度伺った。先生が床屋に行って、留守のこ

とがあった。直ぐ戻りますから、と奥さんは云われたが谷崎さんがどんな顔で散髪しているのか見ようと思って、道を訊いて床屋に行った。谷崎さんのお宅の辺りは樹木の多い住宅地だったが、床屋も巨きな樹立のある坂の途中にあった。小さな床屋で、硝子戸越しに首から白い布を垂らした先生が床屋の親爺に頭を刈って貰っているのが見える。硝子戸を開けて、正面の鏡のなかの先生に一礼したら途端に、

——あ、召集が来たんですか？

と先生が云った。わざわざ床屋迄覗きに来たから、余程差迫った用件と思われたのかもしれない。

谷崎さんは町のなかで生れ育って、だから町が大好きで、生活とは町のなかにしか無いものと思っていたような所がある。空襲が激しくなって来たから、疎開なさらないんですか？　と訊いたら、しません、答は簡単であった。しかし、町のなかの住居だから食糧不足には頗る閉口されたらしい。野菜が手に入らなくて困るとこぼされるのを聞いた。此方はその頃結婚して郊外に住んでいて、近くに知合の農家もあったから、その点では先生よりは多少の余裕がある。或る日、家の者が包んだじゃが薯か何かの包を持って、谷崎さんの所に行った。

行ってみると、門の引戸が開かない。留守のようだから、隣の家に声を掛けたら愛想の好いお内儀さんが出て来て、

――まあ、谷崎さんは昨日お引越になりました。と気の毒そうな顔をしたから面喰った。どんなことがあっても茲は動きません、田舎へ行くなんて真平です、と云っていた先生が引越したと云うから何とも納得が行かなかった。

まだあと片附があって、奥さんが二、三日の裡に見える筈だと云うので、持って行った包は隣に預けることにした。いまならそんな気持になる筈も無いが、ときがとき、ものがものだから、預けるとき隣のお内儀さんに気の毒のような申訳無いような気がしたのを憶えている。家に帰ったら谷崎さんから、左記に移転した、と云う端書が届いていた。

断じて動かないと云い張っていた谷崎さんを説得して引越を決心させたのは、昔からの親しい友人の広津和郎氏だと云う話を谷崎さんから聞いた。谷崎さんは不承不承承知したらしいが、その后牛込のお宅の辺りは空襲でやられたと云うから、引越していなかったらどんなことになったか判らない。

谷崎さんの端書には道順も書いてあったから、その后間も無く引越先の世田谷四丁目のお宅を訪ねた。小田急の豪徳寺で玉川電車に乗換えて、山下から一つ目の宮の坂と云う停留所から歩いて行った。小さな商店や小さなみすぼらしい巡査派出所のある路に入って行くと、大きな竹藪があってその先に勝光院と云う寺がある。その境内を抜けて行くと世田谷産院と云うのがあって、谷崎さんの新居はその傍にあった。

この路は、その后何遍通ったか判らない。その后、寺の境内は通抜禁止になって迂回せざるを得なくなったし、寺の先の畑も住宅に変ったが、商店や派出所の辺りは昔と一向に変らない。派出所はいまでも小さくみすぼらしくて、どう云うものか警官の姿を見掛けたことは一度も無い。

最初訪ねたとき、谷崎さんは路の左手の家に入っていた。いい家が見附かって良かったですね、と云ったら、

——これは広津の家でね……。

と云うことで、広津さんに説得された話を聞いたのである。広津さんはその頃熱海に疎開していたので、空いている世田谷の家を谷崎さんに提供されたらしい。こぢんまりした洋風の家で庭が広かったが、この家には一度しか行ったことが無い。

それから間も無く、谷崎さんからまた引越したと云う通知を貰った。前の家の直ぐ前の家ですとあるから、どう云うことになっているのかしらん？　と新居拝見に出掛けたら今度のお宅は同じ路の右手にあって、路を隔てて広津さんの家と向い合っていて、成程と思った。

谷崎さんはまだ世田谷の空気に馴染んでいなかったようである。近所に広い畑があったりするのが、気に入らなかったのかもしれない。茲はのんびりしていていいですね、空襲

の心配も無いでしょうと云うと、

——何しろ田舎でね。田舎はどうも……。

と島流しに遭ったような顔をした。何の話か忘れたが話をしていたら、

——ああ、早く終って呉れないかな。負けたっていいじゃないですか。早く戦争が終った方がいいな。

半ば独言のように先生が云った。

その頃広津さんは熱海と世田谷の間を往ったり来たりしていたらしく、偶偶世田谷のお宅に来ていたとき、谷崎さんのお宅で会ったことがある。その頃空襲があるとすると大体午后か夜だったから、谷崎さんの所にも午前中にお邪魔していたと思う。或る日、先生を訪ねて話をしていたら、あなた、広津さんがお見えになりました、と奥さんの声がして、その声と一緒に着流し姿の広津さんが部屋に這入って来た。そう云うことは毎度のことだったらしく、お二人は別に挨拶らしい挨拶もしない。

——新聞、見せて呉れ。

——ああ、どうぞ。

谷崎さんは手近の新聞を広津さんに渡しながら、広津さんに僕を紹介した。両手を突いてお辞儀したら広津さんは、

——まだ顔も洗ってないんでね……。

と苦笑した。広津さんは黙って新聞を叮嚀に読んで、それから新聞記事に就いて何か話したと思うがよく憶えていない。憶えているのは、この頃藤村の「家」を読み直したがあれはいいものだ、と云ったことである。

——藤村？　あれは嫌いだね、藤村は不可ません。

谷崎さんが言下に否定したら、広津さんはそう来るだろうと思っていたと云う風に苦笑して、何だか面白かった。前に読んだときは別に感心もしなかったが、今度読んだら悪くない、君も読んで見給え。広津さんがそう云ったら、

——いや、僕は読みたくないね。

谷崎さんは飽く迄強情を張っていたようである。

谷崎さんはお酒が好きで、しかし、深酒はされなかったようである。学生の頃、夜の新宿で何遍か見掛けたが、大抵早稲田文学の同人の誰かと一緒であった。先生と一緒に酒場の椅子に坐るようになったのは学校に勤め始めた戦后のことで、戦前は先生と酒場へ行ったことは一度も無い。戦争が終って間も無く先生から「御直披」と書いた封書が来て、学校に勤めろとあったからたいへん驚いた。谷崎さんは何か誤解しているに違いないと思ったから出向いて行って、出来の悪い怠者だから、と云うと、

——だから、いいんです。

と先生が変なことを云った。谷崎さん自身は学生の頃たいへん真面目で、秀才で優等生だったと聞いているから、だから、いいんです、は何だか腑に落ちない。そう云う話になると先生は妙にせっかちな所があって、

——じゃ、そう云うことで……。好い天気だから、これからちょっと青野の所迄散歩しませんか？

と片附いた顔をされるのである。その頃は車も殆ど通らないから、谷崎さんのお宅から経堂の青野季吉氏の所迄往来の真中をぶらぶら歩いて行った。青野さんも谷崎さんの親しい友人で、世田谷に移ってからは、よく一緒に経堂の国民酒場に行列して酒を飲んだと先生から聞いた。青野さんの所には、一時間ばかりいて失礼したように思う。青野さんに会ったのはそのときが初めてだが、機嫌が好くてにこにこしていたから、怒りっぽい人物だとは夢にも思わなかった。

学校に出るようになったら谷崎さんの顔を見る機会が多くなって、先生と酒を飲むようになった。いつ頃出来たか知らないが、歌舞伎町に「ちとせ」と云う酒場があって、

——いまどきにしては、感じの好い店です。

と先生が連れて行って呉れた。その頃は有楽町や新橋の狭い汚い店に友人連中と行っていたから、それに較べるとちとせは広くて感じが好かった。いつから歌舞伎町と云う名前に変ったかこれも知らないが、その辺は一面の焼跡であちこちに疎らに小さな家が建ち掛

けていたに過ぎない。ちとせも一軒ぽつんとあったような気がする。その后谷崎さんと一緒に何遍も行ったし、一人で、或は友人連中と行ったこともある。夕暮近い頃、広い埃っぽい道を渡って行くと、焼跡のバラックの傍にコスモスが咲いていたりして、

洪水の跡にコスモス咲き

そんな詩の一行を想い出したりした。その后何年か経って一年ばかり寝込んだが、病気になる迄何遍広い道を渡ったか知らない。

その頃谷崎さんは文学部長になっていたから、部長室の扉を敲いて這入る。

——やあ、何ですか?

——ちょっと、お顔を見に来ました。

——いや、どうも。とても見て頂くような顔じゃありませんが……。

先生は勘がいいから、直ぐ来意が判る。腕時計を覗くと、ちょっと待っていて下さい、いま直ぐ用事を片附けるから……、と出て行って戻って来ると、さあ、行きますか? と一緒にちとせに行くのである。

ちとせには若い女性が三、四人いて、その一人が谷崎さんの隣の椅子に坐ってお酌しながら、こんなことを云った。父が私にお前の店にはどんなお客が来るかと訊くので、文士

とか何かいろいろ偉い方がいらっしゃる。谷崎先生もお見えになる。そう申しましたら父が、そんな偉い先生のお相手が出来てお前は光栄だ、折角勤めに精を出せ、と云いました。

――いや、どうも。此方こそ光栄だな。

先生は何だか中途半端な顔をしていたようである。女が或る小説の名前を挙げて、先生のあの小説、父が読んで感激したと申しておりました、と云ったら途端に谷崎さんは嬉しそうな顔になった。

――いや、あれは駄作です。あれはたいへんつまらない。

――そんなこと……。父はとてもいい小説だって……。

――何と云おうと、あんなものは下らないな。

女は先生が無闇に謙遜したと思ったかもしれないが、女の挙げた小説の作者は谷崎潤一郎だから、聴いていて可笑しかった。勤めに精を出せ、と父親に云われた筈なのに、その女はそれから間も無く店に出て来なくなったから、どう云うことなのか判らない。

谷崎さんはビイルは飲まず専ら日本酒だったが、それも銚子に三本ぐらい飲むと、もう適量だから、と盃を伏せてしまう。飲出すと締括りの附かなくなる人間の眼から見ると、どうして途中で止められるのか不思議でならなかった。昔はもっと飲まれたのかもしれないが、その頃のことは知らない。その替り、家に帰ってから必ず銚子に二本、酒を飲むと聞いて、これも何だか不思議に思った。

——その分だけ茲で飲まれたらどうですか？

——いや、そう云う訳には行きません。それが愉しみなんでね……。

そう云って、先生は御機嫌で大抵先に帰ってしまう。或るとき、夜更に井伏さんにその話をしたら、井伏さんは何だか考え深そうな顔をした。

——君は谷崎さんの教え子だろう？

——そうです。

——教え子としては、先生のそう云う点は大いに見習うべきじゃないのかね……。

何だか思い当ることもあるから、早速見習うことにして、ではそろそろお先に失礼します、と云うと、井伏さんはそっぽを向いて、ふうん、君はそう云う男か、と云った。

谷崎さんとは長い期間酒の席で御一緒したが、ちとせの頃が一番愉快だったように思う。卓子に向って固い椅子に坐り、女も一緒に世間話をしたり、ときには「奇蹟」の頃のことや葛西善蔵の話を聴いていると、どこかで蟋蟀（こおろぎ）の鳴く声が聞えて来たりして、何となくしみじみした感じがあった。

谷崎さんは酒席で学校の話を聞くのが嫌いで、同席の誰かが学校の行政とか人事の話を始めると、酒の席でそんな話は止めて貰いたいな、と云うのが常であった。その先生が学校の話をするようになったのは、いつ頃からか判らない。文学部長は煩わしいから一期で辞めます、と云っていた先生が再選され、三選された頃から辞めるとは云わなくなって、停年退職迄十五年の長きに亙って部長を勤められた。衆望を負って立たれたと云うこともあり、それだけ学校のために尽されたには違いないが、酒場に迄先生の嫌いな筈の学校の話が出て来るようになると、何だか別の先生を見るようで気持がちぐはぐになって不可ない。自然、此方から出向いて行って先生の部屋の扉を敲くのは遠慮することになったと思う。

高円寺にいた何とかさんが今度新宿に店を出した、井伏さんからそんな話を聞いたので、誰か友人と一緒に「高野」の横の汚い露地に入って、それらしいちっぽけな店を覗いた。茲は井伏さんの見える店かい？　と訊くと眼玉の丸いお上が、

——はい、左様でございます。

と神妙な返事をした。

ハモニカ横丁の「みちくさ」に行ったのはそれが初めてで、その后この横丁にもちょいちょい出入するようになった。いま考えると、お上が神妙な返事をしたのが不思議である。ああ、そうだよ、あんた、誰だい？　と云い兼ねない女性だからだが、開店して間も無い頃だから他所行の言葉を使ったのかもしれない。

谷崎さんもステッキを振りながらハモニカ横丁に現れるようになったが、その頃ちとせはもう無くなっていたのではないかと思う。横丁には「龍」や「よしだ」もあった。何れ

も七、八人這入ると満員になる店だったから、どこかが満員だとどこか他を覗くと云う仕掛になっていた。谷崎さんは専ら露地の突当りのよしだの常連であった。

谷崎さんに会うと決って、井伏君は元気ですか？　どうしていますか？　と訊かれた。牛込のお宅を訪ねた学生の頃からそう訊かれた。学生の頃は井伏さんのお伴をして阿佐ケ谷、荻窪辺りの飲屋に行っていたから、そのときどきの井伏さんの様子を報告する。谷崎さんはその報告を嬉しそうに聞くのである。

或るとき、友人の伊東と阿佐ケ谷の南口のおでん屋にいたら、ひょっこり井伏さんが這入って来た。暫くして井伏さんが北口の店に行こうと云うので踏切迄来たら、長い貨物列車がごとごと通っていて踏切がなかなか開かない。朧月を見ながら開くのを待っていると、突然、井伏さんが「都の西北」を歌い出したから吃驚した。伊東が低声で、

——いいなあ。

と嬉しそうな顔をしたのを想い出す。踏切が開いて渡り出したら、井伏さんは下駄を鳴らしながら、

——おれの青春はあと三日しか無いんだ。

と云った。それはその頃の井伏さんの口癖で、何遍も聞いたことがある。谷崎さんにそんな話をすると、先生は、ひゃあ、と云うような声を出して笑うのである。

井伏さんが云い出されて「竹の会」と云う会が出来たのは、戦争が終って三、四年経った頃だと思う。三笠書房から出ていた早稲田文学がその頃廃刊になった。井伏さんは雑誌には関係が無かったが、谷崎さんのことを気にされたようである。早稲田文学が無くなって谷崎さんも寂しいだろう、ひとつ、谷崎さんを慰める会をやりたい。君から谷崎さんに話して呉れないか。

谷崎さんに井伏さんの意向を伝えると、先生は頗る歓んで、それから間も無く文学部前の喫茶店「早稲田文庫」で会があった。会場は谷崎さんが指定したので、前にそこで学校の会をやったら感じが好かったからと云う理由だった気がする。尤も当時のことだから、会場と云っても簡単には見附からなかったかもしれない。早稲田文庫はいまは「茶房」と云っているが、その頃は名前の通り店のなかの二方の壁が本棚になっていて、本が並んでいた。世間に本が尠かった頃だから、店の主人が自分の蔵書を学生に貸出すこともしていたらしい。土間には囲炉裏が切ってあったりして、当時としては珍しく落着いた民芸調の店であった。

井伏さんの云い出した、谷崎さんを慰める会、はこの文庫の奥座敷で開かれたが、その会に「竹の会」なる名前が附いて、それが十数年も続くようになるとは井伏さんも予想しなかったろうと思う。極く内輪の会と云うことで、人数も尠かった。思い浮ぶ儘に最初の会の出席者の名前を列記すると、谷崎精二、青野季吉、保高徳蔵、井伏鱒二、浅見淵、逸見広、小田嶽夫、木山捷平、村上菊一郎、吉岡達夫の諸氏に僕の十一名で尾崎一雄氏は身体の具合が悪くて欠席だったと思う。出席者は須く酒飲みであることと云う条件があったから、広津も来るといいんだが彼は酒が飲めないいんでね、と谷崎さんが残念そうな顔をしたのを憶えている。

何でも秋の初めで、谷崎さんを中心に会場の奥座敷で賑かに飲んでいると何となく雰囲気が出来上って、誰が云い出したか忘れたが、この会はこれ一回でなく今后も続けてやりたいと云う話になったら一斉に拍手が起ったようである。それから、あれこれ会の名前を考えた。座敷の外にちょっとした庭があって、竹が植えてある。その竹が夜風にさらさらと鳴った。

——竹があるから竹の会はどうだろう？

と誰かが云ってそれに落着いたが、そう云ったのは井伏さんだったかもしれない。その后、会場は樽平に移ったり秋田になったり、会員が殖えるにつれて上野、浅草、神田、銀座と転転としたが、暫くするとまた文庫に戻ると云うことを繰返したように思う。

成子坂の通から入った所に小料理屋のようなものがあって、青野さんの知合の店だと云うので、そこで竹の会をやった。何回目だったか忘れたが、最初の頃のことである。成子坂はまだ暗い淋しい所で、人気の無い往来を寒い風が吹いて、その店の灯も暗い。定刻になってもなかなか人が集らない。陰気な座敷で、所在無い儘保高さんと碁を打っていた

ら、

——もう誰も来やしません。待ってることは無い。始めたらどうですか。

と谷崎さんが癇癪を起した。青野さんが吃驚して、おい、さ、さけ、酒と大きな声で云った。谷崎さんは賑かな会が好きだったから、そんな不景気な会は面白くなかったのだろう。

青野さんは学校では谷崎さんの一級か二級下だと聞いたことがあるが、お二人は親しい友人で、青野さんが谷崎さんに向って腹を立てたのは見たことが無い。経堂で初めてお会いしたときも機嫌が好かったから、穏かな人物と思っていたら、それが間違だと云うことが少しずつ判って来た。機嫌の好いときの青野さんは何だかしんみりしたことを云うので、此方もそんな気分になっていると、その次会ったときは無闇に腹を立てるから話が判らなくなる。

病気で一年ばかり臥て、久し振りに竹の会に出たら、谷崎さんが青野さんと僕を指して、

——この病人二人は二合組。

と笑った。青野さんもその頃胃潰瘍になったとか、なり掛けたとか云う話で、二、三日安静にしていたが会に出て来たと云うことだったから、余り飲んでは不可なかったらし

い。谷崎さんの言葉通り二合で止めたか、三合飲んだかそれは判らない。会が終って外へ出たら青野さんがしんみりした口調で、

――君はもう悉皆いいのかい？　無理しちゃ不可んよ。

と云った。有難く、はい、と答えたが、胃潰瘍か何かで昨日迄安静にしていた人の言葉としては何だか腑に落ちない。冗談に、青野さんが無理なさってる程度の無理をすることにします、と云ったら青野さんは苦笑した。

――何云ってるんだ、君。大体、僕は三塁迄来てるんだ。だからこのくらいの無理はしてもいいんだ。君なんか、まだ一塁にいるじゃないか。無理しちゃ不可ん。

それを聞いたら思い当ることもあって、大いに恐縮した。それから何日か経って、樽平に坐っていると青野さんが仏頂面をして這入って来て、黙って隣に坐った。いつもと様子が違うようだが、別に気にもしないでいたら、

――君、君は怪しからんじゃないか。

と不意に青野さんが怒り出したから面喰った。怒り出すと、青野さんは吃るから、よく聴いていないと判らない。聴いていないとどう云うことになるか判らないような雰囲気もあるから謹聴していると、本日或る会合があったがお前は何故欠席したか、と詰問されるのである。本日は学校に出ていたので、大体そんな会にはこれ迄出たことも無い、と釈明すると、これ迄出たことが無いとは何事だ？　と改めて怒られた。その会で何か不愉快な

ことがあって、そのとばっちりを蒙ったと后で判ったが、そのときは何故怒られるのかさっぱり判らない。

青野さんは野球が好きで、殊に早慶戦が好きで、早慶戦が近附くと飲屋でよくその話をした。

——君、早慶戦はいいもんだ。あれは青春の祭典だ。勝敗に拘泥わっちゃ不可ん。どっちが勝っても負けてもいいもんだよ。

早慶戦で早稲田が負けた晩、新宿の飲屋で青野さんに会ったら、き、き、きみ、と青野さんが怒り出した。何だ、早稲田のあのざまは。なっとらんじゃないか。面白くもない。酒迄不味くなる。一体、ど、どうして呉れるんだ？

竹の会は大体年に二、三回開かれた。幹事は廻り持ちでやっていたが、幹事がうっかりして忘れていると、谷崎さんはそろそろ会を開いてもいい頃ではないかと催促した。谷崎さんは竹の会が気に入っていたようである。何回目からか判らないが、上林暁、新庄嘉章、結城信一の三氏が会員になった。尤も上林さんは一、二度出席しただけで、その后間も無く健康を害ねて出られなくなったと思う。新庄さん等が入ってから暫くの間、新入会員は無かった。

その裡に会員を殖やす殖やさないと云う煩い話が出て来て、いつ頃からか忘れたが、会があるといつもそれが話題に上るようになった。谷崎さんを中心に愉快に酒を飲む会と云うことで、何となく入りたいと云う人があっても、谷崎さんの会だから先生が、うん、と云わないと入れない。先生はまたなかなか、うん、と云わないのである。

竹の会が出来て三年ばかり経った頃、早稲田文庫で会をやったことがある。その頃会にはハモニカ横丁のお上連中が応援に来ていて、そのときは「龍」のお上が手伝に来ていた。固苦しい会ではないから挨拶も何も無い。何となく会が始って談笑しながら飲んでいると、逸見さんが坐り直して、

——ちょっと谷崎先生に伺いますが、そもそもこの会は……。

と改った顔をしたから煩いことになった。難しいことは云わずに、入会希望者は入れたらどうだと云う進言だったようである。浅見さんも同意見で、兼ねて腹に据え兼ねる所があったらしい。うっかり口を滑らしたのだと思うが、谷崎さんに向って、君は独裁的だ、と云ったからややこしいことになった。

——君とは何です？　君呼ばわりは失礼だろう。

谷崎さんも面白くない顔になる。青野さんは少し離れた席で独酌で盃を傾けていたが、

——浅見君、そう云うもんじゃないよ。この会は和やかないい会なんだ。会員もいまの儘で殖やさない方がいいんだよ。

半ば独言のようにそう云った。この前の会のときも矢張り会員のことで、青野さんは激

しい口調で浅見さんと口論した。その青野さんが一向に腹も立てず、しんみり執り成すようにそんなことを云うから些か敬服した。敬服したのは実は早過ぎたので、それから三分と経たない裡に青野さんは顔を上げると、

——ぼ、ぼ、ぼくは竹の会を止める。

と怒り出した。木山さんが、青野さん、そんなこと云っちゃ不可ません、と眼鏡を突上げて笑ったが、青野さんは木山さんの方は見ようともしない。何だ、浅見君は、と浅見さんのことを怒るのである。今后、浅見君とは会で同席したくない。先輩の谷崎君に向って、失礼じゃないか……。

——まあ、まあ……。

誰かが留めたが、こうなると留めて留るものではない。急坂を転げ落ちる石のようなもので、留めると、つまり坂の途中の出張りに打つかって跳ね上って、更に勢を増して落下する態のものである。落下する勢が猛烈だから、浅見さんが何か云ったようだがどうも景気が好くない。何だかよく判らないが、そんなことが続いている裡に、谷崎さんがつまらなそうな顔をして立って帰られる。そのとき青野さんが一緒に帰られると良かったが、矢鱈に怒っていて気が附かない。谷崎さんも誘わない。

やっと青野さんが立上ったら、木山さんが、青野さん、帰っちゃ不可ません、と引留めてこれでまた一悶着である。井伏さんが、

――木山君、青野さんを帰さなくちゃ駄目だよ。

と注意して、青野さんは土間に降りた。保高さんは笑いながら、僕はもっと残りたいんですが、仕方が無いから青野君を送って帰ります、と残念そうであった。僕はそのときの会の幹事だったから、座敷の入口迄見送りに出たように思う。土間の青野さんが此方を向いて、

――上に着るものを忘れた。

と云う。レイン・コオトを忘れたと判って、座敷のなかを探したがなかなか見附からない。あった、と取上げたら新庄さんが、俺の上衣だぞ、と云った。小田さんや村上さんも一緒になって探して、どうも手数の掛る人だね、と苦笑したのが小田さんだったか村上さんだったか判らない。部屋の片隅に鳥打帽と一緒に置いてあるレイン・コオトがやっと見附かって、やれやれ、と青野さんの所へ持って行った。

――うん、それだ。

有難うなんて月並なことは云わない。土間にいた吉岡がレイン・コオトを受取って、青野さんに着せ掛けた。気が附いたら、青野さんが此方を見上げて何か云っている。何だかひどく腹を立てている様子だが、何故怒られるのか判らない。呆気に取られていたら、

――大体先輩が帰るときは、雨外套なんか初めからちゃんと持って行って着せ掛けるべきであって、それがヒュウマニズムだ。それを催促されてから持って来るとは何事か。

と怒っているのである。

欠伸は伝染すると云うが、立腹も伝染するのかもしれない。会が荒模様だったから、此方の気持もその余波を受けなかったとは云えない。青野さんの言葉を聞いたら、無闇に腹が立って来た。そもそも青野さんが雨外套を着て来たかどうか、そんなことは知らなかった。知っていたとしても、ご本人すら忘れているものを鞠躬如（きっきゅうじょ）として持って行って着せ掛けるなんて云う芸当は出来ない。そんなヒュウマニズムは真平御免蒙りたいと腹を立てた。

此方が冷静なら、青野さんは理不尽に怒り出す人だから仕方が無い、はい、判りました、で済んでしまう所だが、立腹が伝染したから辻褄の合うことは考えられない。くるりと廻れ右して席に戻って来たが、腹の虫が治らなかったのだろう。いきなり、大きな声で怒鳴った。何と怒鳴ったか憶えていないが、憶えているのは青野さんが血相を変えて、土足で座敷に駈上って来たことである。何人かの人が青野さんを留めたが、そうでなかったら青野さんに殴られていたに違いない。

井伏さんの「先輩」は青野さんのことを書いた小説で、このときのことも書いてある。青野さんは灰原さんとなっているが、灰原さんは「龍」のお上に送られて一旦出て行って、引返して来て土足で座敷に駈上ったことになっている。井伏さんはお龍さんに、馬場下迄灰原さんを見送ってタクシイに乗るのを見届けて貰いたい、と云ったがお龍さんは途中で引返して来たらしい。タクシイを摑まえる所迄お龍さんが送って来なかったので、灰原さんはかっとなって残余の者に食って掛りに戻って来た。「先輩」にはそう書いてある。青野さんの無茶な怒り方を考えると、その方が納得が行く気がする。そうすると、上に着るものを忘れたと青野さんが云ったのは、帰るときではなくて引返して来たときだったことになる。此方もかっとなって後先を取違えたかも判らないから、井伏さんの記憶の方が正しいかもしれない。

それから何ケ月か経って、また早稲田文庫で会があったら、いつもの顔触がちゃんと揃って洵（まこと）に穏かな会で、この前の騒は嘘のようであった。

表紙に「竹の会記録」と書いた帳面があった。毎回幹事が日時と会場と出席者の名前を記入して、感想を記す人もある。新入会員があると、それも書留める。いつからか忘れたがその帳面が出来て、多分十年間ぐらいの会の模様が記録に留めてあったと思う。荒模様の竹の会の后、谷崎さんは余り難しいことは云わなくなったから段段会員も殖えたが、或はその頃帳面が出来たのかもしれない。その帳面があるといいが、いつの間にか紛失してしまった。誰かが酔ってどこかに置き忘れるか落すかしたらしい。

それがあると、例えば新入会員の江戸川乱歩氏や火野葦平氏の名前が何回か見えて、その后見当らないのは亡くなったからだと気が附く。いつも出席していた青野さんの名前が、或るときの会から見えなくなったのは、健康を害ねてやがて亡くなったのだと判る筈だが、帳面が失くなったから仕方が無い。

青野さんには失礼なことをしたと思うが、不愉快な気持は無かった。怒鳴ったのは汗顔の至りだが、却ってさばさばした気持だったかもしれない。青野さんはどう思われていたか知らない。次の会で失礼を詫びる心算でいたが、お辞儀したら青野さんはぷいとそっぽを向いたから、成程と思って、此方も青野さんの方は見ないことにした。新宿で会っても知らん顔だから、改って声を掛ける気にはならない。そんな具合で、それが何年続いたか判らない。

或るとき、樽平で横田瑞穂氏と飲んでいたら、横田さんが、青野さんだよ、と低声で云った。悪い人が来ましたね、と振向いたら青野さんの春風駘蕩の笑顔があったから吃驚した。空いた席を指して、あっちで一緒に飲もうと青野さんが云うので其方へ移って、何年振りかで青野さんと口を利いた。いつ怒り出すかと心配していたが、青野さんは機嫌が好くて一向に怒らない。そのときはいろいろ青野さんの昔話を伺った。横田さんは乗物の都合で先に帰ることになったから、一緒に帰ろうとしたら、青野さんがもう一軒附合えと云うのである。この頃梯子酒は慎んでいるが今夜は気分が好い、もう一軒だけ行こう。

確か「ととや」に行って、三十分ぐらい坐っていたかもしれない。青野さんは店の女に僕のことを、この人はいい人なんだ、としんみりした口調で何遍も繰返すので女も困っていたようである。青野さんのしんみりした口調は后が怕いから、そんなことを聞いても嬉しくない。女にそんなことを云うので寧ろ迷惑に思ったが、そのときの青野さんは終始上機嫌だったから却って此方は寂しかった。青野さんに会ったのは、それが最后である。

とどやから、経堂に帰る青野さんを小田急の乗場迄送って行った。階段を降りる青野さんは、手摺に摑まって一段一段両足を揃えて降りて行く。手を貸そうとしたら、そんなことはしないでいい、と苦笑した。その姿がいまも眼に浮ぶ。

谷崎さんは乗物恐怖症なので、旅行に出られないのだと浅見さんから聞いたことがある。旅行どころか、牛込から世田谷に移った当座は、学校に出るにも暫くは奥さんが附添って行かれたと云う話も聞いた。世田谷から学校に通っている裡に、自然に乗物恐怖症は癒ってしまったらしい。先生は七十で停年退職されてからも、毎週土曜日には決って学校に出て来たようである。散歩がてらと云う意味もあったかもしれないが、先生は研究室でポオに関する研究論文を纏められた。その本が出たのが先生の喜寿の祝をやった年だから、怠者は一言も無い。

文学部に特別研究室と云うのがあって、停年退職した諸先生が利用することになっていた。偶に学校に来たとき落着く所が無いと不可ないから、と云う配慮があったようである。或は、ちょっと調べものをするのにその部屋を使う。そんな名目の研究室だったと思うが、諸先生はちっともその部屋を利用しない、と云うより初めから学校には出て来ないから、毎週土曜日に出校する谷崎さんの個室のようになった。

此方は土曜日は休の日だが、何か用事があって学校に行ったときは、谷崎さんに敬意を表しに顔を出す。

——やあ。まあ、お茶でも飲んで行き給え。

先生の淹れて呉れた茶を喫んで二、三十分お喋りして失礼する。机の上には大抵、何冊かの本が開いて載せてあった。仮に特別研究室を利用する資格のある諸先生の誰かがこの部屋を覗いたとしても、個室同然だから、失礼しました、と引退らざるを得なかったろう。

別に講義がある訳でも無いのに、谷崎さんは土曜日は特別研究室に出る日と決めていたらしい。何のことだったか忘れたが、谷崎さんを案内して井伏さんのお宅を訪ねることになって、土曜日は先生が学校に出る日だからと気を効かした心算で電話で、土曜日に……、と云い掛けたら、先生は即座に、

——いや、その日は学校に出ますから、他の日にしましょう。

と云うのである。他の日に決めて、新宿の二幸の前で待合せて車で井伏さんのお宅に行ったが、どう云うものか谷崎さんは待合せとなると、じゃ二幸の前で、と云うと決っていた。先生は遅刻してやって来て、美人が待っているともっと早く来るんだが……、と云う

から心外である。

——そんな経験がおありとは意外ですね。

——いや、僕なんか、しょっちゅうですね。君なんか二幸前で女性と待合せたことなんか無いでしょう？

——もう少し増しな所で待合せます。

——いや、どうも。御立派なことで……。

そのときは井伏さんのお宅で御馳走になったが、谷崎さんは着いた早早から井伏さんの画が欲しいと強請(ねだ)った。井伏さんは、差上げるような画はありませんから、これを進呈します、と井伏さんが絵附した木瓜(ぼけ)の大皿を谷崎さんに贈った。井伏さんが瀬戸迄行って焼かせた皿の一枚で、大抵の人なら貰って大喜びする筈だが、谷崎さんは一向に嬉しそうな顔をなさらない。矢張り画が欲しい、と慾張ったことを云うから可笑しかった。

——それは出来のいい方なんですよ。荻窪乾山と申しまして……。

井伏さんがそう云っても、谷崎さんは納得しない。これもいいが、画はどうです？　画は貰えませんか？　先生は焼物には全然興味が無かったようである。

昔のことは知らないが、谷崎さんは歌舞音曲の類にも興味を示さなかった。竹の会で、保高さんが義太夫を語ったことがある。義太夫の知識は無いから見当が附かないが、なかなかの熱演で青野さん等は身を入れて聴いていたと思う。谷崎さんは至極つまらなそうなった。

顔で、矢鱈に烟草を喫んだりあちこち見廻したりして、義太夫を持て余しているようであった。

誰が幹事のときか忘れたが、浅草の料亭で竹の会をやったことがある。このときは芸者が来てお酌したり踊ったりしたが、お酌のときは兎も角、踊のときは谷崎さんは世にも退屈な顔をしていた。ちょうど植木市が出ていて、会が終ってから井伏さん他二、三人で賑かな植木市を見て歩いた。片手に植木、片手に綿菓子を持った夫婦連が歩いていたりして愉しかった記憶がある。青野さんは亡くなっていたし、保高さんは病床にあったし、木山さんもまた亡くなっていたから、竹の会も終の頃で、多分この会の后数回で竹の会は自然消滅したと思う。その頃は会も酒場も無闇に多くなっていたから、わざわざ集るのも面倒になっていたような所もある。のみならず、その頃になると竹の会の由来を知らず、井伏さんの会だと思っている新会員もいた程だから、谷崎さんも以前ほど竹の会に執着は無くなっていたかもしれない。

歌舞音曲に興味のない谷崎さんが、一度だけ歌うのを聴いた。谷崎さんと一緒に、三、四人で銀座の酒場に行って、酔って歌を始めたら、先生が僕も歌いますと云って、雲に聳ゆる高千穂の……、と紀元節の歌を歌った。何だかよろよろした頼り無い歌い方だったが、それでも無事二番迄歌い終ったときは他の席からも拍手が聞えた。先生の頰の涙を店の女が半巾で拭いたら、

——どう云うものか、この歌が好きでね。

先生は困ったような顔をしてそう云った。

前の女房が死んで暫く独身でいた頃、谷崎さんに会うと決って、

——まだですか？

と訊かれた。先生も再婚されたから、何となく気になさったのかもしれない。或る晩、谷崎さんと酒を飲んでいたら、先生が次のような訓戒を垂れた。僕が前の家内に死なれたのは、もう二十何年前になるが僕の一生で一番品行方正だったのはその頃です。何故かと云うと、女房のいるときは浮気が出来ます。浮気しても何でもない。うちには家内がいるから、女の方も心得ている。後腐れが無い。しかし、家内が死ぬと、うちは空っぽになります。女の方もあわよくばそこを占領しようとする。気を附けなくちゃ不可ません。いや、笑いごとではありませんよ。これは野球用語で云うとホオム・スチイルです。ホオム・スチイルを狙う女がいることを忘れちゃ不可ないな。君は知らないが、僕はいまの家内を貰う迄品行方正でした。

——僕も品行方正です。

——さあ、どうかな？　危いもんだな。ところで食事なんかどうしていますか？

——娘がやっています。面白がって御馳走を作ります。

——じゃ、その裡に一度御馳走になりに行くかな……。

——どうぞ。

谷崎さんとそんな話をしたが、その頃先生が後輩や教え子の家を、一軒一軒訪ねてみたいと云うのを聞いたことがある。それを聞いたとき、どう云うものか先生もお齢を召されたなと思った記憶がある。先生をお迎えするんじゃ、みんな何を御馳走していいか考え込むかもしれませんね、と云ったら、先生は、豚カツでいいんです、豚カツで、あとは何も要りませんと云った。その后、先生が誰かの家庭を訪問したと云うことは聞かなかったから、話だけで沙汰止になったのだろう。

いつからか判らないが谷崎さんは耳が遠くなって、相手をする人が困るようになった。聞える声と聞えない声があるようで、誰かと話していて先生は、え、ええ？　と耳に手を当がって身を乗出すが聞えない。傍にいる僕が取次ぐと、やっと判ると云うことがある。井伏さんの表現に依ると、莫迦の大声だからだそうで上の二字が気に入らないが、その大声の主でも先生の左隣に坐ったら話にならない。右の方はまだいいが、左の耳は殆ど聴えなかったようである。或るとき或る会があって、谷崎さんの左隣に丹羽文雄氏が坐っていた。丹羽さんが二、三度谷崎さんに話し掛けたが、谷崎さんは知らん顔をしている。此方はちょうど誰かと話していてそれに気が附いて、気になるから谷崎さんに注意しようと思ったら、丹羽さんは話し掛けるのを止めてしまった。丹羽さんも何だか変な気がしただろうと思う。

——どうも耳が遠くなってね……。

何人かで谷崎さんと話していたら、先生がそう云った。誰かが耳が遠くなるのは長生きすると云っていいんですよと云ったら、先生は、ええ？　と二、三度訊き直してから苦笑してこんなことを云った。いや、判っています。この爺いも随分老耄れたもんだと思っているが、そうは云えないから、長生きするなんて云って慰めて下さる。有難いことで、どうも。

谷崎さんの耳が遠くなったお蔭で、此方も閉口したことがある。先生は目出度く七十七の齢を重ねて、その祝宴が学校の大隈会館で催されたとき、当方が司会を仰せ附かった。学校には先輩が何人もいて、みんな谷崎さんの薫陶を受けた人だから、当然その裡の誰かが司会を勤めるべき筈なのに、どう云うものか誰も引受けないで此方へ押附けるのである。面白くないから、特別研究室に谷崎さんを訪ねて断りを云おうとしたら、

——君も厭なんですか？　厭ならいいですよ、厭なら……。

と頗る御機嫌斜めであった。止むなく引受けて先生と打合せをした。先生は人に任せると云うことは気に入らなかったようで、祝の会をやって呉れるのか、じゃ宜しく頼む、とは云わない。僕の会だから僕に責任があります、と云って細かい点迄指示なさる。それは結構だが、所構わず僕の会だからと口出しされると甚だ迷惑する。先生との打合せでは、

広津さん、阿部総長、井伏さん、尾崎さんの順序で祝辞を頂戴する予定になっていた。広津さんは遅れるかもしれないから、そのときは井伏さんか尾崎さんに先にやって頂く。総長は二番目でいいです、谷崎さんはそう云った。最初に総長にお願いした方がいいんじゃないですか？　と云ったら先生は、いや、二番目でいいです、と重ねてそう云った。

会場で、定刻になっても広津さんが見えない。谷崎さんは総長と並んで坐って何か話しているから、先生の所に行って、じゃ予定通りやりますからと云うと先生はちゃんと聞えた様子で、ああ、と点頭いた。会場は満員でなかなかの盛況だったと思う。

会が始って、最初に井伏さんにお願いすることにして井伏さんがマイクの前に立ったら、谷崎さんが背後から突然、

——君、君、総長の筈じゃないか、総長が先だよ。

と云ったから呆気に取られた。先生は耳が遠くなられてからは声も高くなったから、何だかその声が会場中に聞えたような気がした。のみならず、先生は立って来て、君、総長が先と云う話だったのにどうしたんですか？　と高い声で司会者を詰問するのである。総長は二番目でいいと仰言ったのは先生じゃないですか、と云うのは簡単だが、そんなことを衆目の前で云い合っても醜態を曝すだけである。まあ、まあ、と先生にお戻り願ったが、井伏さんの話は始っているのだからみっともない。無論、この経緯が直ぐ傍のマイクに向っている井伏さんに判らなかった筈は無い。谷崎さんとは長い附合だから、あのとき

は前からいろいろ考えて精一杯いい話をしようと思っていたんだ。ところが直ぐ後であんなことを云われて莫迦莫迦しくなった。もうどうでもいいと云う気になったよ。大体、司会者も良くない。后で井伏さんが腹を立ててそう云った。

司会者の人選を誤ったことは最初から判っているが、昼間打合せたことを夜の会場で何故先生が引繰り返そうとしたのか判らない。多分谷崎さんは打合せを済ませてから、広津さん、総長と云う最初の順序だけ頭に残って、広津さんが遅刻された場合のことは忘れたのではないかと思う。此方の話も聞えたかどうか判らない。或は会場で総長と並んで話している裡に、総長が先だと思い込んで独合点されたのかもしれない。こんなことはどうでもいいことだが、そのときは気持が片附かない。何れにせよ、井伏さんが祝辞を述べ始めたのに大声で口出しされるのは納得出来ない。司会なんか止めちまえ、と思ったがそうも行かないから、何とか役を果して飲屋に行ったらたいへん悪酔した。

喜寿の会が終って何日かしたら、学校の某君が来て谷崎さんはこんなことを仰言っていたと云った。総長の話も、広津君、尾崎君の話もよく聞えたが井伏君の話はよく聞えなかった。マイクの具合でも悪かったのかな？

それから某君と二人でその晩のことを考えてみると、いろいろ思い当ることがある。井伏さんの話の途中で広津さんが会場へ這入って来られたら、先生は井伏さんの祝辞はそっちのけにして迎えに立って行った。主賓は主賓らしく坐っていた方がいいと云うのは、先生を知らない人間の云うことである。谷崎さんは広津さんに、やあ、待っていたよ、実は君に一番初めに話して貰おうと思っていたんだ、とか大きな声で挨拶して暫く広津さんと話していた。あれでは聞える方が可笑しい、祝辞を述べる井伏さんが怒るのも無理は無いと云うことになって、先生も無茶を云うと二人で苦笑した。

毎年正月の六、七日頃、二、三人で谷崎さんの所に年始に行く。先生は書斎の床柱を背に目出度い顔で炬燵に当っていて、われわれが型通りの挨拶をすると、いや、どうも、今年も遠路御足労掛けて恐縮です、今年こそは間違無く墓に入りますから来年は御迷惑は掛けません、御安心下さい、と笑われるのである。それが谷崎さんの年頭の挨拶と決っていて、何年その言葉を聞いたか知らない。多分、十年以上も毎年聞かされたから、此方の云うことも決って来る。そんなことを云う人に限って百迄生きるから、とても安心なんか出来ません。それから御馳走になって、気が向くと先生は角袖を羽織ってステッキを携え一緒に出て、新宿か偶には銀座に行くのが年中行事となっていた。

或るとき、谷崎さんが墓を造りたいと云う話をして、その墓の字は井伏君に書いて貰いたいが君から頼んで呉れないかと云った。冗談だろうと思ったが、冗談にしろ縁起でもない気がする。

——そんな縁起でもない話は御免蒙ります。

──君、そんなことはありませんよ、生きている裡に墓を造るのは却って縁起がいいって云ってね。僕の知ってる人にも何人もあります、例えば……。

と名前を挙げたなかに西条八十氏も入っていたかもしれない。そんなものかしら、と思って一応承知したが井伏さんが引受けるとは考えられない。井伏さんにその話をしたら、お墓？　冗談じゃないよ、厭だよ、とあっさり断られた。

学校の教員の人数が殖えたから研究室が不足して来て、谷崎さん専用の状態の特別研究室を解消して現役の教員に提供することに決ったのは、先生の喜寿の宴が終って間も無くだったと思う。これは円滑に運んだらしいが、何しろ谷崎さんは部長歴十五年の元老でそれだけ我儘にもなっていたから、相手をする方も腫物に触るような所があったかもしれない。一時は誰が先生に明渡しを交渉するか、誰が猫の首に鈴を附けるかで関係者が頭を痛めたと云うことを后になって聞いたが、それはまた別の話である。

特別研究室が無くなって谷崎さんは殆ど学校に出て来られなくなったから、学校で先生と顔を合せることも無くなる。自然の成行として、お墓のことなど悉皆忘れてしまうが、先生は忘れる筈が無い。何かの弾みでひょっこりお会いすると、

──君、君、井伏君は承知して呉れましたか？

と催促なさるのである。お墓のことだったと気が附いて、井伏さんは乗気ではないようでしたと云っても谷崎さんは一向に承服しない。君、それは不可ません、是非書くように

説得しなさい。他の人じゃなくて、井伏君に書いて貰うことに決めてるんだから、それじゃ困ります。これ迄井伏君に我儘を云ったことは一度も無い。一遍ぐらい我儘を云ったっていいでしょう。

谷崎さんは本気らしいので、知らん顔も出来ない。谷崎さんの言葉をその儘井伏さんに取次ぐが、井伏さんは初めから冗談と極込んでいるので、厭だよ、の一点張りである。他のことと違って墓の話だから、此方も気乗薄の所があったかもしれない。そんな話、もう止して将棋でも指そうと云われると、将棋を指す方が迥かに面白いのである。以前だと学校で谷崎さんと顔を合せなくても、新宿でお会いする機会は幾らもあったが、先生は耳が遠くなった上に足も弱っていたから、夜の新宿にも余り出なくなっていた。そうなると、先生に催促されるのも年に何回と無いから、井伏さんが承知する迄に二年ぐらい掛ったのも無理は無い。その間に肝腎のお墓の方は出来上っていたらしいから、谷崎さんも何となく焦れったくなっていたかもしれない。

何だか紆余曲折があって、やっと井伏さんが承知されたが、それがどんな切掛だったか記憶に無い。若しかすると、業を煮やした谷崎さんが何かの会で井伏さんに会ったとき、直接交渉して話が纏ったのかもしれない、と云う気もする。

井伏さんが承諾されたので、或るとき、谷崎さんと井伏さんをお招びして拙宅で「お墓の字を書く会」をやった。これを正確には「井伏鱒二先生は谷崎精二先生のお墓の文字を書き、残余の者は謹んでこれを拝見し、且つ愉快に酒を飲む会」と云うのである。残余の者と云うのは会に景気を附けるために集った近くに住む人達で、横田さんや吉岡や岩淵鉄太郎君、三浦哲郎君等でみんな竹の会の会員である。それから谷崎さんの附添を頼んだ学校の某君に僕である。

銀座に行って紙と新しい筆を買って来て置いたが、その紙では墓石に彫るとき具合が悪いと云うことで、谷崎さん御持参の紙に井伏さんは、「谷崎精二之墓・井伏鱒二書」と揮毫した。いい字だとみんな感心して、谷崎さんも嬉しそうであった。

——見てちゃ書けないから、向うで飲んでいて下さい。

書く前に井伏さんはそう云ったが、谷崎さんは坐って黙って見ていた。一体、先生はいま何を考えているのかしらん？　何だか知りたい気がした記憶がある。紅い唐紙があったので、井伏さんに無理を云ってそれに詩を書いて貰った。花発多風雨、人生足別離。于武陵の「勧酒」の二行で、これに井伏さんの名訳が附く。はなにあらしのたとえもあるぞ、さよならだけが人生だ。

——僕の分はありませんかね？　僕の分は……。

見ていた谷崎さんが訊いたから、

——これは先生に差上げる分です。

と云ったら先生は、いや、どうも、恐縮です、と相好を崩した。それから暫くして谷崎さんはお墓の字と「さよならだけが人生だ」を持って、某君と一緒に先に帰られた。その晩、豚カツを用意したかどうか、どうも想い出せない。

京橋の鰻屋で、五、六人が谷崎さんを囲んで先生の叙勲祝の内輪の会をやった。先生が勲三等旭日中綬章と云う勲章を貰ってから暫く経った頃で、これが先生と同席して酒を飲んだ最后である。何でも暑い夏の晩で、和室の冷房装置が故障したと云うので洋間の椅子に坐ったら、冷房が効き過ぎて寒い程であった。五、六人の者がそこに坐って待っていたが、主賓の先生が一向に姿を見せない。主賓が来なくては、何のために集ったのか判らない。先生はきっと忘れているに違いないと云うことになって、世話役の飯島小平さんが谷崎さんのお宅に電話したら、客があって家を出るのが遅れたと判ってみんな一安心した。暫くして先生が見えたとき飯島さんが、先生は忘れたんじゃないかと心配しましたよと云うと、それほど耄碌はしていません。まだまだ頭脳明晰です、と先生は不服そうであった。

それから酒を飲んで話をして、何となく会は終ったようである。半袖襯衣（シャツ）姿の谷崎さんは寒いので誰かの上衣を借りて羽織って、上機嫌で話していたが、専ら学校の話だから会が陽気になると云うことは無い。先生は退職后も好んで学校の話をした。学校を思う気持が無かったとは無論云わないが、どうも学校の話は先生の愉しみか趣味になっていたので

はないかと云う気もする。途中で、どう云う切掛だったのか谷崎さんが、

——青野も死んじゃったし、広津も死んだし、それに保高も日夏も死んで……。僕一人です。

と云ってちょっと話が途切れたら、廊下の方で高い女の笑声が聞えたようである。

その晩は谷崎さんはなかなか元気で、二次会に附合ってもいいと云うのを酒の飲めない飯島さんが、まあ、まあ、と一緒に車に乗せた。走り出す車に向って、残った者がお辞儀をした。何となく終った会だが谷崎さんは満足だったらしく、后で世話役の飯島さんに喜んで礼を云われたそうである。

谷崎さんのお葬式の后で、誰かが勲章の会をやって置いて良かったと云ってそれに同感であったが、それは無論済んだことだからそう云えるので、そのときは谷崎さんが遠からず亡くなるとは夢にも考えていない。谷崎さんは眉長く耳は遠くなられたから、百歳迄は知らないがまだ当分長生きして、正月を迎える度に、今年こそは墓に入ります、と笑って挨拶されるのだろうと思っていた。こんなに早く亡くなられるなら、もう一度ぐらい竹の会をやって置けば良かったと別の誰かが云って、それにも相槌を打ったが、それはいつに変らぬ繰言と云うものに過ぎない。

勲章の会のときはちょうど我家を建直していた頃で、谷崎さんは誰に聞いたのか、

——いや、結構なことで。出来たらひとつ見に行くかな。

と云った。秋になって家が出来たから、また別の名目で先生の会をやろうと思っている裡に先生は病気になった。これも口に出せば繰言と云うことになる。二階に山雀を飼っていて、南京豆を割ってやると大喜びで細い両足で押えて啄む。或る日、階段を上って行くと、南京豆が貰えると思って矢鱈にばたばた跳ねるのが聞える。或る日、階段を上って行くとばたばた飛跳ねる音が不意に止んだ。行って見ると山雀は籠の底に、両足を上に向けて死んでいた。何故落ちたのかよく判らないが、跳ねているときどこかに打つかって打所が悪かったのではないかと思う。洵に呆気無い結末でがっかりしたが、谷崎さんが入院されて重態だと云う電話が掛って来たのはその晩である。

二、三人で谷崎さんの入院した国立第二病院に見舞に行った。廊下でひょっこり奥さんにお会いして病室に行った。扉に面会謝絶の紙が貼ってある。入院されたときは既に絶望で、回復の見込は無いと決っていたようである。谷崎さんが入院して重態だと云うことは、誰の配慮か知らないが外には拡らないようにしてあった。先生は頭ははっきりしていたから見舞客が沢山押掛けると、ははあ、これが見納めと思って来るのだな、と感附かないとも限らないと云うことだったらしい。

病室に這入ったら臥ていた谷崎さんは、

――こんなになっちゃってね……。

と苦笑した。気持の方は元気だが、身体の方はひどく憔悴していたから見るに堪えない。連が谷崎さんと何か話している間、なるべく先生の方は見ないようにしていた。先生が何か云っても、舌が縺れるのかよく聴き取れない。何とも遣切れない気がしたが、奥さんは明るい表情でにこにこされていたからほっとした。三、四分いて病室を出たと思う。多分、谷崎さんにお会いするのもこれが最后だろうと云う気がして、お大事に、と頭を下げて声には出さないで、さよなら、と先生に云った。

谷崎さんが亡くなられたと云う電話があって、豪徳寺の駅で友人と待合せて先生のお宅に行くことにした。約束の時間より大分早く着いたから、プラットフォオムのベンチに坐ってぼんやり烟草を喫んだ。上りのプラットフォオムには乗客が沢山いるが、此方側には他に誰もいない。向う側は陽が当っていて、みんな陽気な顔をしているように見えるから不思議であった。下り電車が来て下車した客がぞろぞろ階段を降りて行ったら、あとは前と同じように閑散としてしまう。

立上ってプラットフォオムの外れの方に行ってみたら、先方にひっそりした路が見えた。豪徳寺の駅で何遍下車したか判らないが、下車するといつも直ぐ階段を降りるから、外れの方迄来たことは一度も無い。路は手前の電車のガアドの下から出て、左へ折れると少し登って右へ曲るからその先は見えない。眼に入るのは極く僅かな距離で、二十米も無いかもしれない。左手は人家で右手は塀で、塀のなかに紅い寒椿の花が咲いている。

どう云うものかその静かな路が気に入ったから、穏かな冬の陽の落ちている路を暫く見ていた。上の方に鞄を持った痩せた中年男が現れたと思ったら、せかせかした足取で歩いて来て忽ちガアドの下に消えて行った。口を動かしていたのは、独言を云っていたのかもしれない。ガアドの下から石焼芋と書いた車を牽いた爺さんが出て来て、此方に背中を向けてゆっくり路を上って行って、曲ったと思ったらもう見えない。少し間を置いて、子供連のお内儀さんが歩いて来て、二人は愉しそうに話しながらガアドの下に隠れてしまった。その后は誰も通らない。

短い路に姿を見せては直ぐに消えてしまう通行人が、此方のそのときの気分に似つかわしい感じがしたのはどう云う訳かと思う。あんまり見ていると、谷崎さんがステッキを振って出て来そうだから戻って来たら、着いた下り電車から降りて来た友人が、いや、どうも、と谷崎さんのような口を利いた。

沈丁花

昔、大寺さんは郊外の大きな藁屋根の家に住んでいたことがあるが、その頃のことだと思う。初夏の一日、散歩して普段足を向けたことの無い方角へぶらぶら歩いて行ったら、巨きな欅の並ぶ街道の先に一本の小径があるのが眼に附いた。小径は小川に沿っていて、小川は暗渠になって街道の下に入って行く。何となくその小径を歩いて行くと、左手は大きな雑木林になっていて、巨きな松の木も見える。右手の小川の両岸には灌木が茂っていて、いぼたの白い花が咲いていた。小川の向うには広い麦畑がある。

歩きながら、何だか変な声が聞えて来ると思っていたら、雑木林の傍に一人の爺さんが立っていて、両手を腰に当がってきんきんした声で詩を吟じていた。鞭声粛粛だったか何だか忘れたが、兎も角誰でも知っているような詩だったと思う。眼を瞑って声を張上げている。失礼します、と云う気持でその前を通り抜けようとしたら、途端に声が止んだから大寺さんは吃驚した。爺さんがぱっちり眼を開いたかどうか、振向いて見なかったから判らない。少し行って気になるから振返ったら、此方を見送っていたらしい爺さんが不意に横を向いて、大きな咳払をした。

——どう云う爺さんなのかしらん？

更に歩いて行くと、左手の雑木林の切れた所に小さな農家が一軒あって、その前の小川の所に水車小屋があって水車がごとん、ごとんと廻っていた。

大寺さんは前に深大寺へ行ったとき、寺の近くで水車を見たことがあるが、こんな小川に水車があったとは知らなかった。珍しいものを見附けた気がしてその辺を見廻すと、小川の向うに疎らな林が続いていて、その左手の方に白い窓枠の入った緑色の木造二階建の建物が幾棟も並んでいるのが眼に附いた。何の建物か判らない。廻る水車を暫く眺めて、それから同じ小径を戻って行ったら、先刻の爺さんはもういなかった。

散歩から帰って、水車があったと細君に話したら細君は、

——あら、ほんと？

と云ったが、別に見たいとは云わなかった。詩吟をやっていた爺さんの話もしたが、細君が何と云ったか憶えていない。

大寺さんはその小径が気に入ったから、その后何遍か散歩に行って、その都度水車を見て帰って来た。水車小屋の傍に川岸が一段低くなった洗場のような所があって、大寺さん

は一度そこで農家のお内儀さんらしい女が、釜を洗っているのを見たことがある。しかし、詩吟の爺さんにはその后会ったことが無い。

いつ頃からその小川沿の小径に足を向けなくなったのか、大寺さんは忘れてしまった。何でも空襲が始って、其方の方は爆撃の対象になった或る大きな飛行機工場に近かったから、危きに近寄らず、と敬遠することになったかもしれない。大寺さん夫婦も藁屋根の家から近くへ引越したり、それから信州に疎開したりしたから、小径や水車のことなぞ悉皆忘れてしまって、想い出すことも無かったと思う。

大寺さんは小川沿の小径を歩いて水車や爺さんを見たことは細君に話したが、小川の向うに見えた緑色の建物のことは別に話さなかった。話す必要を認めなかったからで、一向に縁の無いものと思っていた。況して、将来その建物のなかに住むことになるとは、夢にも思わなかった。ところが、事実はその建物のなかで二年ばかり暮すことになったのだから、先のことは判らない。

その頃大寺さんは、大きな飛行機工場から少し離れた所にある、親戚のやっている学校に勤めていた。空襲が始って、飛行機工場が真先に狙われたが、或るとき、その工場に落す筈の爆弾が学校に落ちて来て、校舎が潰れてしまった。仕方が無いから学校は一時休校と云うことになったが、戦争が終ると、その翌年から学校を再開することになった。しかし、校舎が無くては始らない。当時のことだから、新校舎を建てると云うことは到底考えられない。どこかに残っている古い建物を利用する他無い。その辺の詳しい経緯は大寺さんの関知する所ではないが、何かの手蔓があって、その大きな飛行機工場の工員寮だった建物を手に入れることが出来て、それを校舎に改造することになった。

大寺さんは疎開先の信州から帰って来たが、住む所が無かった。細君の実家に寄寓していたが、いつ迄もそうしてはいられない。だから、工員寮を改造した学校のなかに住んだらどうかと云う話があると、早速それに同意した。その工員寮と云うのが、大寺さんが散歩のとき見掛けた緑色の建物に他ならない。

学校に住むことに決ったとき、大寺さんは工員寮が例の緑色の建物だと知って、久し振りに見に行った。まだ改造工事は始らない頃である。小川沿の小径を歩いて行くと、様子が違う。小川の両側にあった灌木の茂みは、悉皆伐り払われている。何故伐ったのか知らないが、殺風景で不可ない。のみならず、水車小屋も消えて跡形も無いから、大寺さんは呆気に取られた。

——近くに水車があって、あの辺は悪くない所だったたな……。

水車があるから悪くない所と云うのは変な論法だが、大寺さんは細君にはそんな知識を与えていたから、水車が消えて跡形も無いのは面白くなかった。小さな農家はあったが、雨戸が閉っていて人の気配が無い。誰も住んでいないのかもしれない。

それから肝腎の工員寮、つまり学校となる筈の建物の方を見ると、小川の向うにあった疎らな林も失くなっていて、ペンキの剝げた古ぼけた建物が、窓硝子は一枚も無いみすぼらしい恰好で並んでいて、大寺さんはがっかりした。これが学校になるのかしらん？　大寺さんは気持がちぐはぐになって、暫くぼんやり立っていた。とても傍迄行って見る気にはならない。

大きな雑木林だけは以前の儘残っていて、ちょうど秋の暮だったから、風が吹くと林のなかに枯葉が乾いた音を立てて散って、枯葉は小径に立っている大寺さんの上にも散り掛った。

——詩吟の爺さんはどうしたろう？

大寺さんは爺さんを想い出したりしたが、当時の、どうしたろう？　には戦争が終る迄無事生き延びたろうか？　と云う気持が強かったように思う。

その后間も無く工事が始って、大寺さん夫婦は二歳になったちっぽけな女の子を連れて学校に引越した。改造の工事と云っても、工員寮の各部屋を教室に造り替えるのが精一杯と云う所だったから、とても外装迄は手が廻らない。だから、余分な建物を取払ったあとに、相変らず古ぼけた建物が三棟三列に並んでいて、一向に代映しなかった。

大寺さんの引越したのは寒い頃で、陽蔭の霜柱は一日中融けなかった。大寺さんの入る所は先に手を入れて貰ったから住めるようになっていたが、校舎の工事はまだ始ったばかりだったから、一見廃屋然とした、がらんと殺風景な建物が並んだなかに住んでいると、好い気持はしなかった。夜になると、無闇に静かになって物音一つしない。

或る晩、突然近くで大きな音がして細君が跳上ったことがある。后で調べると細君が買物に行くとき使う自転車が、何かの弾みで倒れたと判ったが、判る迄は大寺さんも落着いた気分にはなれなかった。梟の啼く声を聞いた記憶もあるが、それが寒い頃だったかどうかよく判らない。

少し強い風が吹くと、今度はあちこちで矢鱈にうるさい物音がして落着かなかった。遠くの森の騒ぐような音が聞えたり、どこかで何か打つかるような音がしたり、二階で何か倒れるような音がして、これも好い気持はしない。気になるから、最初の裡は大寺さんも懐中電燈を持って、怖る怖る怪しい物音の原因を突止めに出て行ったりしたが、一ケ月と経たない裡に止めてしまった。云い換えると、学校の生活に馴れたと云うことである。

その頃になると、小使一家も学校のなかに住むようになったから、前程淋しくなくなったかもしれない。

学校のなかに住んだと云うが、別に教室を住居にした訳では無い。その建物は工員寮だったから、各棟の中央の出入口の傍に、寮長とか舎監と云う人が住んでいたらしい六畳二間に台所の附いている一劃があって、大寺さん一家は真中の建物のその一劃を住居にしたのである。だから、学校のなかと云う環境を別にすると、当時としては満足すべき住居に入れたと云うことになるかもしれない。

それから、その住居の隣に細長い十畳ばかりの部屋があったが、これは壁も天井も漆喰で、床には厚い板が張ってある。何に使った部屋か判らないが、洋間として造ったものだから、天井からは鎖の附いた妙な飾電燈がぶら下っていた。その部屋とは壁で仕切られているから、一旦廊下へ出ないとその部屋には行けない。

大寺さんは大工に頼んで、その洋間との境の壁を半間ばかり切って貰って、そこに扉を附けて貰った。扉と云うのは、寮だったときの押入の板戸がその辺に何枚も放ってあるから、その一枚を持って来て蝶番で取附ければいいのである。お蔭で廊下へ出ること無く隣の部屋に行けることになって、そこも大寺さんの住居と云うことになったのは有難かった。

大寺さんはそこを板の間と呼び、細君は隣の部屋と呼んでいたが、それはどっちでもいい。細君は客間が出来たと喜んでいた。戦争で消息の判らなかった友人が、ぼつぼつ大寺さんを訪ねて来るようになっていたからだが、大寺さんにとって有難かったのは、その部屋ではストオヴが焚けたことである。前の学校で使っていた古いルムペン・ストオヴを据えて、古い煙突も取附けて、

——まあ、暑い。

と細君が呆れるぐらい部屋を温めた。何しろ工事中のことで燃料は幾らでも転っていたから、一向に不自由しなかった。考えてみると、それが当時の大寺さんの唯一最大の贅沢だったようである。六畳の和室では、とてもそんな贅沢は味わえない。

そのストオヴの傍に古ぼけた籐椅子を置いて坐り、大寺さんは上気した顔をしていた。ストオヴの傍に坐ると先ずビイルと云うのが順序だが、その頃はビイルなぞお眼に掛れなかったから、昔、銀座のビヤホオルのストオヴの傍でビイルを飲んだことを想い出して、自由にビイルの飲める日は当分来ないかもしれない、と思っていたかもしれない。

その頃、或る友人が大寺さんを訪ねて来て、ストオヴに感心している裡に矢張りビイルを想い出したらしい。戦争前あちこちのビヤホオルに行った話をしてから、

——しかし、何だね、幾らでもビイルの飲める時代はもう二度と来ないかもしれないね……。

と云って大寺さんをがっかりさせた。そう云われると何だかそんな気がするから、大寺さんも甚だ先見の明に欠けていたと云う他無い。そればかりか、友人はビフテキや豚カツも一生の裡に食えるかどうか判らないと情無いことを云う。それを聞いて大寺さんも情無い気持になったのを想い出す。その友人が本気でそう思っていたのかどうか判らないが、満足に食事も出来ない頃だったから、そんな言葉もひどく切実なものと感じられたのだろ

う。

友人と不景気な話をしていたら、突然強い風が吹始めて、辺りで喧しい音がする。ストオヴの煙突が変な音を立てて、蓋の隙間から煙が噴出したから、火を消していると部屋のなかが暗くなった。

——何だろう？

——風だよ。

——急に暗くなったよ。もう失敬しよう。

友人を送って一緒に前の運動場の所迄出て見たら、辺り一面濛濛たる土埃で空も暗かった。武蔵野の赤風と云って、二、三月の頃たいへんな土埃が舞上ることは大寺さんも承知していたが、こんな猛烈な奴は見たことが無い。

——凄いね、これは……。

友人も驚いている。口を開くと、口のなかが土埃だらけになる気がする。風が止む迄待った方がいいと云ったが、友人は肯かないで帰って行った。五、六歩歩くともう黒っぽい影になって、その先はよく判らない。大寺さんが戻ると、細君は、

——あら、たいへん。

と云って大寺さんを廊下へ連出すと、大寺さんの身体を矢鱈にぱたぱた叩いた。ちょっと出ただけなのに、土埃だらけになっているのである。ちっぽけな女の子も母親の真似を

して大寺さんの脚を叩いて喜んでいたが、どう云う料簡だったのかしらん？

翌日、細君は大掃除をした。大寺さんが机の抽斗を開けて見ると、抽斗のなか迄土埃が入っていて、何だか頭のなかがざらざらする気がした。大寺さんはその住居に戯れに、風塵洞、なる殺風景な名前を附けたが、それはこのときに思い附いたのである。

少し落着くと大寺さんの所には、友人の他にもいろんな人が訪ねて来た。夫婦揃ってやって来て、どこでもいいから一部屋貸して貰えまいかと云う人もいた。まだ学校は始らなかったから、アパアトか何かと勘違したのかもしれない。以前藁屋根の家に訪ねて来た人もいて、今度はまた変った所にお住いですな、と云ったりした。そのなかに一人毛色の変った人間がいて、この人物がときどき大寺さんの所に姿を現した。

金髪で眼鏡を掛けた、痩せてのっぽの亜米利加人で、名前はアアサア・ケネディと云った。このケネディ君はエイル大学の史学科を出た男で、大寺さんより三つ四つ齢下の二十三、四歳だったと思う。帰国したら国務省に入るのだと云っていたが、その頃は情報部かどこかにいる中尉であった。

ケネディ君がジイプでやって来ると、大寺さんの小さな娘は、

——ケネディさん、ケネディさん。

と云って喜んだ。土産にチョコレエトを持って来て呉れるからだが、ケネディ君は子供

に菓子を持って来るために訪れるのではない。大寺さんとテニスをやりに来るのである。

大寺さんは或る人を介してケネディ君と知合ったのだが、知合うと間も無くケネディ君が大寺さんに、テニスはやるか？　と訊いた。大寺さんは中学生の頃庭球の選手であった。全関東中等学校庭球大会とか云う催があって、大寺さんはその東京地区予選に出場したが、三回戦で優勝候補の某師範学校と当って簡単に負けてしまった。だから腕前は一向に自慢出来ない。しかし、やるかと訊かれれば、無論やると答える。

——おお。

ケネディ君が莫迦に嬉しそうな顔をしたから理由を訊いてみると、やっとテニスの相手が見附かったと歓んでいる。何でもケネディ君はテニスがやりたくて、本国からラケットやボオルを取寄せたが相手が無くて困っていたと云うのである。大寺さんはテニスをやってもいいとは思うが、順序からすると同じ米人相手にやれば良さそうなものだと云う気がする。現にそう云ったら、ケネディ君は首を振って、彼等はみんな休日にはデイトがあるから、と苦笑した。つまり日本女性と会うのに忙しい、と云うことらしい。尤も、直ぐにそう判った訳では無い。最初、大寺さんはデイトが何か判らなかった。ケネディ君に訊くと天井を睨んで暫く考えていたが、突然、にっこり笑うと、

——あいびき。

と日本語で云ったから、大寺さんは吃驚した。大寺さんは、ケネディ君は日本語を知ら

ないと思っていたが、文字も或る程度読めるし、話す方も多少は出来たらしい。戦争中米国で日本語の特別教育が行われたことは、いまでは周知の事実だが、大寺さんはそのときケネディ君から初めてその話を聞いて二度吃驚したのである。

テニスをやるのは差支えないが、一つ困ったことがある。大寺さんが中学生の頃は中学には軟式しか無かったから、やったのは無論軟式庭球だが、外国には軟式が無い。中学を出てから二、三度硬式を打ったこともあるが、それは遊びだったからやったとは云えない。

——僕のやったのは軟式だから、果して巧く君と打合えるかどうか自信が無い。

ケネディ君にそう云っても、先方は軟式なるものを知らないから話にならない。柔いボオルとか、ゴムの球とか云っても、ケネディ君はそんなテニスがこの世に存在する筈は無い、と云う顔をしている。ケネディ君の腕前は知らないが、わざわざ本国から用具を取寄せるぐらいだから下手ではないだろう。

更に悪いことに、大寺さんの細君は二人がテニスの話をしていると判ると、気を利かせた心算かどうか知らないが、大寺さんが中学生のとき貰った庭球のメダルを七、八箇持って来た。どこに蔵ってあったのか、大寺さん自身も忘れていたメダルである。洋銀の奴もあれば銅の奴もあるが、殆ど校内大会のメダルだから権威に乏しい。しかし、そんなメダルでも昔は英語で「名誉」と入れるのが習慣だったから、事情を知らないケネディ君は眼を丸くした。「名誉」のメダルをこんなに持っていながら自信が無いとは理解出来ない、と改めて大寺さんに敬意を表する顔になったから、話が益益ちぐはぐになって不可ない。

軟式や名誉がどんな具合に落着したか、大寺さんは忘れてしまった。多分、落着しない儘に、兎も角やってみようと云うことになったのだろうと思う。しかし、これも直ぐには始らなかった。コオトが見附からなかったからである。ケネディ君の入れるコオトには、日本人の大寺さんは立入禁止である。大寺さんの入れるコオトならケネディ君も入れるが、大寺さんはそんなテニス・コオトを知らない。

或る女子大学に大寺さんの知っている人がいて、試みにその人に話をしたら、日曜日の午后ならその学校のテニス・コオトを使っても宜しいと許して呉れた。テニスの話が出てから、半月ばかり経った頃だったろう。そのテニス・コオトはコンクリイトの奴で、戦争中は放置してあったと見えて、亀裂が入っていたり、穴が空いていたりして、お世辞にもいいコオトとは云えなかった。四囲の金網も破れていて、そこから球が外に飛出すと、ゲエムを一時中断して二人で探さねばならない。にも拘らず、二人共愉快に試合をやったと思う。

最初の日、ケネディ君はラケット二本にボオル、その他をジイプに積込んで颯爽と大寺さんを迎えにやって来た。何でも寒い日だったと思うが、ケネディ君は寒さなぞ感じなかったらしい。今日はビッグ・デイだとか云って、両腕の屈伸運動をやって見せたのは意気軒昂たる所を示したのかもしれない。それからジイプに乗って女子大学に行くと、話は通じてあるから鍵を貸して呉れる。体育館からネットを運んで来て張っていると、知人の娘さんが面白がって見物にやって来た。その学校の学生で、陽気な娘さんでいろいろお喋りする。

——日米対抗試合ですか？　是非勝って下さいよ。

なんて云っている。ケネディ君が困って、

——着換えしたいのだが、この娘さんにそう伝えて呉れないか……。

と云うから娘さんに伝えたら、ひゃあ、と頓狂な声をあげて逃げて行った。

練習を始めたら、意外に大寺さんの当りが良い。この分なら案外やれるかもしれない。そう思って三セットの試合をやったが、結果は二対一で大寺さんの負になった。負けて云うのも変だが、双方の実力は大体似たようなものだったろうと大寺さんは思っている。ケネディ君はゲエムの終る度に、ポケットから手帖を出して何か書込んでいる。

——何を書いているのか？

サイドを替えるとき大寺さんが訊くと、ケネディ君は笑ってその手帖を開いて見せて呉れた。見ると片やU・S・A、片やジャパンとあって、記録を附けているのである。それを見たら大寺さんも日本代表になった気がして、負けるもんかと云う気になった。事実第一セットは大寺さんが勝って、第二セットも優勢であった。逃げて行った知人の娘さんもけてしまった。

戻って来て、頻りに日本代表に声援を送る。その辺迄は良かったが、第二セットの半ば頃から日本代表は頓に生彩を失って一向に気勢が揚らない。結局逆転され、第三セットも負けてしまった。

勝ったケネディ君は奇声を発して、大寺さんの方に走り寄ると握手を求める。大寺さんも笑って手を差出す。二人がそのコオトで何遍試合をやったか忘れたが、大抵そう云う結果になって、大寺さんが勝ったことは一度しか無い。最初の裡はいいが、段段と疲れて来て思うように身体が動かなくなるのである。残念ながら、それも仕方が無いと大寺さんは考える。何しろ玉蜀黍の粉とか助惣鱈を食ってテニスをやって、それで草臥れなければ寧ろ不思議だろう。敗軍の将は兵を語らずと云う。だから大寺さんは、負けたのは当時の食糧事情のせいだとケネディ君に云ったことは一度も無い。

テニスが終ると、ケネディ君がジイプで大寺さんを住居迄送って呉れて、直ぐ帰ることもあるが、上ってちょっと話して行くこともあった。ケネディ君は米国東部のどことかに家があると云う話だったが、細かいことは忘れてしまった。どんな話をしたかも憶えていない。ケネディ君は行儀の良い真面目な男で、当時の多くの向うの連中のように日本女性を追掛けることもしなかった。本国に許婚がいたせいかどうか知らない。

——これが婚約者だ……。

ケネディ君はちょっと恥しそうに、大寺さんに写真を見せたことがある。ちょうど茶を

持って這入って来た細君が覗込んで、

——あら、綺麗な方ね……。

と云ったら、それを聞いたケネディ君は、

——きれい?

と日本語で云って、細君に向って叮嚀にお辞儀をした。婚約者を褒められた礼の心算らしいが、何だか莫迦に嬉しそうであった。それを見たら大寺さんは何となく、ケネディ君は将来細君の尻の下に敷かれるのではないかと云う気がしたが、そんなことはケネディ君には云わない。


その頃大寺さんは十九世紀の英吉利の或る小説を読んでいて、納得の行かない所があったから、或るときケネディ君に訊いてみたことがある。ケネディ君は難しい顔をして暫くその本と睨めっこをしていたが、こんな古い英語は苦手だ、と首を振って本を返した。大寺さんはそれを聞いても別に不思議には思わなかった。却って好い感じを持ったかもしれない。多分ケネディ君は、小説も苦手としていたのだろう。

大寺さんはケネディ君といつ迄テニスをやったか憶えていない。学校が始ると何となく忙しくなって、余りやらなくなったと思う。その裡にケネディ君も帰国したから、日米対抗試合も終になった。大分后になって、米国に同じ名前の大統領が出て来たとき、大寺さんは悉皆忘れていたケネディ君を想い出して懐しい気がしたのを憶えているが、或はケネディ君が訪ねて来た当時を想い出して、多少の感慨があったかもしれない。

大寺さんのストオヴのある部屋の窓の外に、沈丁花が三、四株植えてあった。工員寮だった頃誰か植えたものらしいが、それが枯れずに残っていて、蕾を附けたから大寺さんは珍しいものを見る気がする。その沈丁花がぽつぽつ咲始めた頃だから、学校の始るちょっと前だったと思う。大寺さんの小さな娘が肺炎になって、大寺さん夫婦は狼狽てたことがある。

日曜日の午后、ケネディ君とテニスをやって、ジイプで送って貰って帰って来ると、細君が取乱した顔をして、子供の春子が熱を出して寝ていると云うから大寺さんは驚いた。ケネディ君は大寺さんの所で少し話して行く心算でいたらしいが、子供が病気と知るとこれも吃驚して帰って行った。子供は二、三日前から風邪気味だったが、風邪を引いたことは前に何度もある。余り気にしないでいたら高熱を出したのである。

——春子、大丈夫かしら?

——狼狽てるな。狼狽てても仕方が無い。

細君にはそんなことを云っているが、高い熱を出して苦しそうに荒い呼吸をしている子供を見ると、大寺さんも内心大いに狼狽てていた。何だか自分も息が苦しくなるような気がする。

懇意な医者がいて、細君が電話を掛けたら生憎日曜日のせいか外出していて、夜にならないと帰らないと云ったそうである。そう判っていても何だか落着かないから、大寺さんは前の建物のなかに出来た事務所へ行ってもう一度電話を掛けた。事務所の前は運動場になっているが、誰もいない。運動場の真中に、校門からその建物の玄関口迄ジイプの走った跡がはっきり附いている。電話で話しながら、大寺さんはその車の跡を見ていたのを憶えているが、何故そんなことを憶えているのか自分でもよく判らない。

夜になったら医者が来て呉れたが、それ迄大寺さんも細君も心細いこと夥しかった。何でも湯気を立てたら良かろうと云う訳で、子供の寝ている部屋には電熱器の上に水を張った洗面器を載せる。隣の部屋との境の扉は開け放して、ストオヴを焚いてその上に薬罐を載せた。細君は頻りに水枕の水を替えながら、

——先生、まだかしら?

と何遍も繰返す。医者が来る迄はどうにもならない。大寺さんはそう思って、ストオヴの傍に坐っていたら吸入器を想い出した。子供の頃風邪を引いたりすると吸入器の前に坐らされて、威勢良く出て来る湯気に向って口をぽかんと開けていた。

——吸入器って奴があったな……。

隣室の細君に声を掛けたが、細君は返事をしなかった。大寺さんの声が、耳に入らなかったのかもしれない。

やっと先生が来て呉れて、子供を型通り診察した。それからちょび髭を撮み（つま）ながら、こんなことだろうと思った、大分ひどいが心配は要らない、この薬を嚥ませなさい、と云って散薬の包を呉れた。細君や大寺さんの電話を家の人から聞いて、大体見当を附けて来たらしい。その先生の話に依ると、大寺さんの子供のような幼児がこんな容態になると、従来は先ず絶望か絶望に近いと思われていた。しかし、新しい薬が外国で出来て、それが偶偶或る所から自分の手に入ったからそれを持って来た、だから心配は要らないと云えるのだと云うのである。それを聞いたら細君は、まあ……、と云って両手で顔を隠した。

——こんなにひどくならない裡に医者に診せなくちゃ不可ませんな。どうも若い親と云う者は……。

先生は大寺さん夫婦に説教して、自転車に乗って帰って行った。事実その薬の効能はたいしたもので、翌日には熱も下り苦しそうな呼吸も平静になって、子供は間も無く嘘のように元気になったが、先生に診て貰わなかったらどうなっていたか判らない。

先生の帰るとき、大寺さんが門の所迄送って行ったら、先生はそこで立停ると辺りを何となく見廻して、

——真暗だな。この辺はまだ狢がいるかもしれない。

と独言を云っている。大寺さんが狢に面喰っていると、じゃお大事に、と自転車を漕いで行ってしまった。

大寺さんはその夜、明方近く迄起きていた。薬は三時間置きだったか四時間置きだったかに嚥ませるので、細君は寝せて置いて、起きている大寺さんが時計を見て、時間が来ると細君を起すのである。二度目の薬を嚥ませてから、大寺さんがストオヴの傍で本を読んでいると、人の走るような足音が聞えて、とんとん、と誰か窓を敲いた。二時頃だったかもしれない。好い気持はしない。

——今晩は……。

と云うから、立って行って窓を開けて見ると、着物を着た眼玉の丸い若い男が立っていた。走って来たせいか息を弾ませているが、別に悪人らしくも見えない。

——何ですか?

——……に行くにはどう行くのですか?

その男が訊いた。……と云うのは近県の町名だったことは憶えているが、どこだったかどうも想い出せない。しかし、走って行ける所ではないから大寺さんも驚いた。

——これから、そこへ行くの?

——はい、そうです。どう行けばいいのですか?

丸い眼玉で大寺さんを見ているが、大寺さんは知らないから返答出来ない。様子が変だから、一体どこから来たのか? と訊いてみるとその男は某病院から来ましたと或る病院の名前を云った。それを聞いて大寺さんは、ははあ、と思った。それは昔から有名な精神病院で、大寺さんが中学生の頃はその病院に葦原将軍なる名士がいたのを大寺さんは憶えている。それからよく見ると、男の着ているのはどうも寝間着らしい。

——じゃ、その病院から逃出して来たんですか？

——はい、そうです。逃出して来ました。

相手がたいへん素直な返答をするから、大寺さんは勝手が違った気がする。大寺さんはこれ迄頭の変梃な人物と会話を交した経験が無い。しかし窓の外の人物は温和しくて、ちゃんと話も判るらしいから、もう少し訊いてみると、何でもその病院が厭で逃出して自分の家に帰る途中だと云うことが判った。恐らく、走っている裡に道が判らなくなって途方に暮れていたら、遠くに大寺さんの所の灯を認めて、すたこら走って来た、そんな所だろうと思う。話を聞いたら何だか気の毒になったが、その町迄走って行こうと思う所が尋常とは違う。

その町へ行くには汽車に乗らなければ行けない、そう云ったら相手は大寺さんから眼を放さないで、走っては行けませんか？　と訊く。

——走っちゃとても行かれない……。

——どうしたらいいですか？

身上相談を持掛けられた気がする。

——厭でも、もう一度病院に戻った方がいいんじゃないかしら……。家に帰るなら、汽車に乗って帰んなさい。

——そうですか？

——うん、そう思うな。そうしなさい。

——はい、そうします。

莫迦に簡単に相槌を打ったから、大寺さんは、はてな、と思った。寧ろ張合が無いくらいのものだが、相手は悉皆その気になったと見える。ぴょこんと大寺さんにお辞儀をすると、いきなり走り出した。大寺さんは呆気に取られて、

——気を附けて行きなさいよ。

と声を掛けたら、若い男はわざわざ立停るとくるりと振向いて、

——はい、気を附けて行きます。

と云った。それからもう一遍お辞儀をすると、再び走り出して、忽ち後の建物の方へ曲って消えてしまった。其方へ行くと橋があって、橋を渡ると小川沿の小径である。大寺さんは急に手持無沙汰になったような気がする。暗い小径を走って行く男の姿を想像して、あれはマラソンの選手だったのかもしれない、と考えていたら何だかいい香がするのに気が附いた。沈丁花が咲き出して、もう春だな、と思ったら若い男が病院を飛出したのも判るような気がした。

窓を閉めて、子供の様子を見に行くと、薬が効いたのか先刻程苦しそうには見えない。

――何ですの？　気を附けろって……。

見ると細君は眼を瞑った儘、そんなことを云っているのである。寝惚けているらしい。

大寺さんは返事をしないでストオヴの傍の籐椅子に戻ると、本の続きを読始めた。

キュウタイ

友人の吉岡がロンドンに遊びに来たので、二人で飛行機に乗ってミュンヘンにいる友人の浩三を訪ねたら、いい所へ案内してやると云うから随いて行くことにした。行先はチロルのキュウタイと云う所だそうである。チロルは昔から名前だけは知っていて、その響も可愛らしくて悪くないと思っているが、キュウタイと云う名前は聞いたことが無い。浩三に訊くと、Kühtai と綴るのだと教えて呉れた。どんな所か知らないが兎も角行くことにして、ミュンヘンの中央駅に行って汽車の切符を買った。正確に云うと、金を出して浩三に買って貰ったのである。オリムピックを開催していたせいかどうか、駅には人が沢山いる。日本人の団体旅行の一行の姿も見掛けた。汽車が出る迄多少時間があるから、構内の屋台店でビイルを飲んだ。

朝十時頃だが、屋台の周囲にはジョッキを持った男が一杯立っていた。大きな鍋に太いソウセイジが山盛に積上げてあって、湯気を立てている。それを貰って辛子を附けて噛るとたいへん美味い。もう二本貰ってビイルを飲んでいると、隣に中年の小柄な日本人が立って威勢良くビイルを注文した。代金を払うときも、台の上に貨幣を叩き附けるように置く。莫迦に鼻息の荒い日本人だと思っていたら、

——オリムピックは御覧になりましたか？

と話し掛けて来た。

——いや、見ません。

——そうですか。私は田口が優勝する所を見ました。愉快でしたね。周りのドイツ人がみんな握手を求めて来ましてね……。

鼻息の荒いのはそのためかもしれない。こっそり浩三に、田口って誰だっけ？　と訊いたら水泳の選手だと教えて呉れた。

その前の日、浩三が何とか云う大きな酒場に案内して呉れた。広い所に無闇に客が沢山いて、それが矢鱈に大声を張上げるから喧喧囂囂として耳ががんがんする。空気も濁って湿っているようで、気のせいか変な匂もするからとても坐る気にはなれない。店のなかを通り抜けて、別の出口から外へ出て吻とした。浩三の話に依ると、まだ駈出しの頃のヒットラアがこの酒場で大演説をやって、それで有名な店なのだそうだが演説なんて下らない。それよりこの屋台店の方が遥かにいい。その屋台が気に入ったのでもう少し立ってい

たい。そう思っていたら浩三が鞄を持って、
——さあ、時間だよ。
と此方の顔を見た。

ミュンヘンはドイツ領だから、オオストリアのチロルに行くには当然国境を越える。汽車で国境を通過するのは初めてだから、どんな具合になっているのか多少好奇心がある。何と云う駅か忘れたが国境の駅で、旅券調べの役人がやって来て扉を開いて覗いた。一等の六人掛のコムパアトメントだが、われわれ三人しかいない。旅券を取出そうとしたら、その役人は帽子の庇に手を当てて笑って行ってしまった。旅券は見ようともしない。安全無害の客と思ったのだろうが、暢気なものだと思う。

吉岡とロンドンから飛行機でミュンヘンに着いたときも、何の検査も無かった。がらんと広い空港の建物のなかで、どこかに関門がある筈だと二人で探したが一向に見当らない。見ると大きな硝子張りの仕切の向うで、迎えに来た浩三が手を振っている。其方へ行ったら、そこの硝子扉からその儘外へ出られるから呆れた。寧ろ張合が無いようなものである。ロンドンの空港では役人が厳重に旅券を調べるから、どこでもそうだろうと思っていたが島国は特別らしい。

インスブルックで汽車を降りて、駅の構内の両替所で百マルクをシリングに替えた。浩

三が取敢えず百マルク両替したらいいと云ったからだが、何シリング受取ったかよく判らない。一マルクは百円だからこれは覚え易い。兎も角、一万円相当のシリングを持っていることとしか判らない。

キュウタイには、インスブルックからまたバスに乗って行くのである。インスブルックには帰りに一泊する予定だから、駅の横手から早速キュウタイ行のバスに乗った。好く晴れた日で、空気が明るく澄んで空が碧い。町の直ぐ近く迄高い山が迫っているから何だか珍しい。バスには二十人ぐらい客が乗っているが、土地の人間が多いらしい。小さな男の子がいて、ときどき珍しそうにこっそり此方を見るから点頭いたら、恥しそうに向うを向いてしまった。

キュウタイ迄はバスで三時間程掛る。ミュンヘンからインスブルック迄は二時間ばかりだが、今度は山峡の道をバスがゆっくり上って行くから時間が掛るのは止むを得ない。針葉樹の森の間の狭い谷間の道を上って行くと、からりと視界が展けて牧草地の向うに白い雲が浮いている。遠く近く尖った山が見えて、想い出したように小さな部落が現れたりする。

牧草地では大抵乾草を作っていた。最初は何だか判らなかった。草地に簑を着た人間が大勢、間隔を置いて並んでいるように見えるから、浩三に訊いたら、

——乾草を作っているんだよ。

と教えて呉れた。后で判ったが、五、六尺の木の棒に横棒を何本か打った奴を地面に並べて立てて、それに刈取った草を掛けて乾すのである。それが至る所にある。

乾草を作っている農夫もあちこちに見掛けた。山の上の方の草地で働いている姿が小さく見える。大抵一家で働いているらしく、細君や子供の姿も見えた。一度はバスの道に近い牧草地で働いていた男の子が、刈取った草を一杯抱えた儘バスを見送っていた。何だか昔、そんな子供の画を見たように思う。いつ、どこで見たのかしらん？

途中、十五分の休憩があった。ちっぽけな町だか村の広場にバスが停ったら、運転手が大声で何か云った。浩三はドイツ語の先生だからちゃんと心得ていて、茲で十五分休憩するのだと通訳して呉れた。外へ出ると陽射が眩しいほど明るい。

広場の一隅に、玉葱型の赤い塔を載せたクリイム色の可愛らしい建物がある。教会だろうと思うがよく判らない。その反対側に、二階建か三階建の白壁の家が並ぶひっそりした横町の入口が覗いていて、二階の窓の張出しに鉢植の赤い花が並べてある。

——如何にもチロルらしいね……。

と吉岡が云う。

横町の角は三階建の田舎風のレストランになっていて、店の外の歩道に卓子が二つ置いてあるから、そこに坐ってビイルを飲んだ。前掛を附けた十六、七の可愛らしい金髪の娘さんが飲物を運んで来る。吉岡が写真を撮ろうとしたら、恥しそうに笑って写真機の方を見た。運転手はこの店の奥に這入って行って一服しているらしいから、出て来る迄狼狽てるには及ばない。広場にはバスの客がぶらぶら歩いたり、ベンチに坐ったりしているが、通や横町に人の姿は見当らない。睡くなるように静かである。

山の上の白い雲を見ながらのんびり坐っていたら、横町を一台の車が走って来て店の前を通り過ぎるとき、その窓から中年男が笑顔を覗かせて手を振りながら、ジャパン・ジャパンと大声で連呼した。此方の三人も手を振ったが、車には五、六人詰め込んでいたらしく、その連中が窮屈そうに手を振っているのが見えた。

——不意打で吃驚したな……。

——この辺の連中は人懐っこいんだよ。

これは浩三の意見である。

十五分の休憩が終って再びバスが走り出したら、何故三時間掛るか納得が行った。山道だからと云うのも理由だが、放牧の馬がちょいちょい道を塞いでバスを停めるのである。馬はバスが来ても知らん顔をして動かないから、馬の姿を見るとその度に運転手はバスを停めて警笛を鳴らす。ぷっぷか・ぷうぷうぷう、と鳴るから何だか可笑しい。警笛を鳴らすと馬も心得ているらしく漸く道を開けるが、その馬の様子を見ていると、馬もぷっぷか・ぷうぷうぷう、を聞きたくて道を邪魔するように思われてならない。尤も仔馬は警笛の音を聞くと吃驚したように、ぴょこん、ぴょこん、跳ねて行く。その恰好が滑稽だから乗客はみんな笑い出す。

浩三の説明に依ると、このぷっぷか・ぷうぷうぷうは昔の郵便馬車が使っていた警笛をその儘利用しているのだそうである。道を塞いで警笛を聞きたがる馬は、昔の郵便馬車を牽いた馬の末裔ではなかろうかと思う。

右に小川を見ながら緩かな坂を上ると広場があって、そこがキュウタイの終点だからバスを降りた。広場には標高二千十七米と書いた立札がある。広場を挟んで何とかヒュッテと云う建物と、目的のホテルが対い合って立っているが、その他に家は無い。何とかヒュッテの方は、スキイの季節にならないと営業しないらしい。浩三は最近茲に来てそのホテルに泊った。勝手知った所だから先に立ってホテルに這入って行くと、帳場にいた主人に、やあ、また来ましたよ、友人を連れて、とか云って握手した。浩三が紹介するから、われわれも握手した。朴訥な感じの親爺でにこにこしている。白壁と木で出来た四階建の清潔な感じのホテルで悪くない。

荷物を部屋に置いて、下のテラスに出て休息した。その辺一帯は牧草地と岩の山に囲まれていて、あちこちに尖った三角の峰が覗いている。広場は峠になっているらしく、広場から向う側に降る一筋の道が小さな橋を越えて、その先の黒い森に消えている。森の向うに青い高い山が見える。八月も終で、陽射は眩しいがひんやり冷い風が吹く。

テラスには、飲物を前に日光浴をしながら坐っている人が多い。色とりどりの襯衣がテラスに並んでいて、そこだけ莫迦に華やいで見える。老人夫婦とか中年の家族連が多く、若者は殆ど見掛けない。みんなホテルの泊り客かと思っていたら、その多くは車で日光浴を愉しみに来た連中だそうである。広場に車が並んでいたのは、その連中のものらしい。

テラスで冷い飲物を飲んで、それから附近を散歩した。ホテルの裏手に出ると小径があって、それを辿るのがハイキング・コオスの一つになっているらしい。右手は樅の林の点在する山で、左手の下の方にバスで通って来た道が白く見える。道に沿って流れる小川も見える。先方の山の間に覗いているのはスキイのリフトらしい。小径は岩だらけの草地のなかを通っていて、あちこちに這松に似た奴や紅紫色の小さな花を一杯附けた小灌木が眼に附く。英国で見たヒイスによく似ているから、ヒイスの一種だろうと思う。

ときどき山歩きの恰好をした連中と擦違った。大抵二、三人、若しくは四、五人で歩いている。チロル風の帽子に花を挿した爺さんもいて、擦違うときは、

——グリュスゴット……。

と云うから、何だと浩三に訊くと山の挨拶だと教えて呉れた。挨拶を欠いては失礼だから、此方もグリュスゴットと繰返した。所どころに牛がいて、のんびり草を食んでいる。首に鈴を附けた牛もいて、牛が動くとかんこんと鈴が鳴って、澄んだ空気が水のように揺れ動いて波紋が拡る。

途中に渓流があって、綺麗な水が岩の上を白く泡立って流れている。吉岡が手を入れて、冷いよと云った。右手の山の上に行くと湖があるそうだから、そこから流れて来るのかもしれないが、何だか山の雪が融けた水だと思いたい。丸木橋を渡って山裾の小径を暫く歩いて行くと、バスで通った白い道に出る。終点の一つ手前の停留所のある所で、茲にも広場だか駐車場のようなものがあって宿屋らしい大きな建物が七、八軒立っている。車は二、三台しか駐っていないし人の姿も見当らないから、茲も休業しているのかもしれない。広場に面した所の売店が開いていたから、絵端書とアルプスの花の本を買った。色刷の写真の入った小さな本である。

白い道を歩いてホテルに帰ると少し草臥(くたび)れたから、部屋に這入って夕食迄一眠りした。一里ぐらい歩いたかもしれない。夏場で客が尠かったせいか、三人共ベッドの二つある部屋を一人で占領したが、冬はスキイ客で混雑するそうだからとてもそんなことは出来ない。ひょっこり来たら泊れないかもしれない。ベッドに横になって、売店で買った花の本を見ていたら赤いアルペン・ロオゼの写真があった。知っている名前はそれくらいしか無い。その裡に、眠ってしまったようである。

六時頃、三人揃って階下の食堂に降りて行って、窓際の食卓に坐った。山小屋風の食堂で、天井には太い梁が出ていて、その上に壺とか金属製の容器が載せてある。窓の所には花の鉢が並べてあったが、何の花だったか憶えていない。所どころ天井の梁からも花の鉢がぶら下っていた。他に五、六組の客が坐っているが、子供連の夫婦とか老人夫婦ばかりである。その一組は女の子を連れた中年婦人で、浩三はその女性と笑顔で挨拶を交した。何でもこの前来たときこのホテルで知合った奥さんだそうで、まだ滞在しているのかと浩三は驚いていた。窓から斜めの陽を浴びた山が見える。

夕食の献立は浩三に一任したら、ベエコン入りの玉蜀黍のスウプはどうだ？　これはこの辺の田舎料理だ、と云うから吉岡と二人で賛成した。鱒のバタ焼はどうだ、これは美味いよと云うからそれにも賛成した。献立表を見ながら浩三が注文すると、主人がにこにこ点頭いて紙に書留める。それからビイルを貰って飲んでいると、女性が一人で食堂に這入って来て隣の食卓に坐った。女の一人客とは珍しい。

次第に昏れて行く山の風景を見ながらいい気持で食卓に向っていると、吉岡がスウプを掬いながら、隣の女性はドイツ人だろうかと云う。そうらしいな。幾つぐらいだろう？　二十六、七じゃないかしら。いや、二十七、八歳かもしれない。二人で話していたら、浩三が気にしたようである。その女性は此方を向いて坐っているから、われわれ二人からは正面に見えるが、浩三は女性に背を向けているから見えない。振返って見る訳にも行かないから、何となく締括りの附かない顔をして訊いた。

——どんな人だい？

——温和しそうな人だよ。

——学校の先生じゃないかね……。

鳶色の髪の地味な服装の女性で、先生と云えば先生らしく見える。

やがて鱒のバタ焼が運ばれて来たから見ると、一尾ずつ小さな青い紙が附いていて、それに数字が書いてある。何の数字かと思ったら、魚の目方だそうである。大体似たような大きさだが、数字は少しずつ違う。その鱒はなかなか美味かった。スウプの方は塩が効き過ぎて辛かったが、田舎料理は大抵塩辛いものと相場が決っているのかもしれない。

気が附いたら、夕暮の空に山がくっきり黒い影絵になっていて、遠くの山の中腹にぽつんと一つ灯が見えた。その裡に山の黒い影絵が曖昧模糊として闇に溶込んでしまうと、夜空に星が出ていた。どこかで手風琴を陽気に鳴らしていて、それに合せて合唱している声も聞えて来る。それを聞いたらどう云うものか、如何にもチロルの山のなかにいる気がした。

——誰が歌ってるんだろう？

——なかなかいいね……。

食事は終ったが、好い気分だから当分は動きたくない。隣の女性も食事は済んで、静かに坐っている。他の客は食后の会話を愉しんでいるらしいが、その女性は相手がいないから独りしょんぼり淋しそうである。宜しかったら此方の席に来て一緒に話したらどうか、と伺いを立てたい。それにはドイツ語の先生が適任だから浩三に話すと、浩三は吃驚したような顔をした。

——いやあ、それは君……。それはちょっと困るよ。

どうも乗気ではないらしいが、背後が気掛りらしい様子でもある。あの女性は若しかしたら失恋して旅に出たんじゃないかね、と吉岡が浩三を刺戟するようなことを云った。そうかもしれない、と無責任な相槌を打ったら、肝腎の女性が見えないから浩三は焦れったそうである。なかなか美人だよ、と吉岡が云ったら浩三は我慢出来なくなったらしい、不意に立上ると食堂から出て行った。振返って見るのは失礼だから一遍部屋から出て行って、戻って来るとき見ようと云う魂胆らしい。そう解釈したが、若しかするとそれは当方の思い過しで、立上らざるを得ない別の理由があったのかもしれない。

浩三がいなくなったら此方と直接向き合う恰好になって、その女性は眼の遣場に困ったようである。だから、われわれもその女性の方は見ないようにして話をした。ミュンヘンのレストランで出た辛いスウプの話だったかもしれない。それでも先方の様子は何となく判る。食卓の上に置いた手を凝っと見たり、指を伸して見たり、その辺を歩き廻っている女の子を見て笑ったりしている。何かの拍子に此方を見て、急いで視線を逸らしたりする。他に何も無い所だから、食事が済めば寝る他無い。しかし眠るにはまだ早いから、ぼんやり坐って無聊を紛わせている。そんな風に見える。

何分かしたら浩三が戻って来て、横向きの中途半端な恰好で椅子に坐った。隣席の女性に声を掛ける決心が着いたのかと思っていたら、

——どうだい、あっちの部屋に行ってみないか？

と意外なことを云った。向うで手風琴を鳴らして歌っているのは西ドイツから来た団体客で、浩三がホテルの主人を通じて仲間入していいかと訊ねたら、歓迎すると云う返事だったそうである。

——じゃ、あの女性の方は取止めかい？

——うん、そんなの君、恥しいよ。

女性の一人客に声を掛けるのが恥しくて厭だから、ドイツ人の団体客に方向転換したのかどうか、その辺の所は判らない。しかし、浩三の話を聞くとそれも面白そうだから、其方へ行って見ることにした。

隣の女性を独りぼっちにして置くのは心残りだが仕方が無い。お先に失礼して廊下に出ると、その先に別室があった。団体客用の食堂かもしれない。覗いてみたら、ざっと二十人ばかりの客がビイル瓶の並んだ食卓を囲んで陽気に歌っていた。手風琴を弾いているのは、眼鏡を掛けてちょび髭を生やした瘦せた中年男で、歌っているのも中年者の夫婦とか爺さん婆さんばかりである。一組だけ若夫婦らしいのがいたが、これは遠慮したように片隅に坐っている。

一曲終ると、みんなどうぞどうぞと云う顔をしてわれわれを迎えた。給仕が椅子を運んで来たからその辺に坐って、改めてビイルを注文して連中の仲間入をさせて貰った。隣の爺さんが此方を向いてグラスを挙げたから、それに応えてグラスを合せて、英語は話せるかと訊くとにっこり笑って手を振った。その隣の婆さんが身体を乗出すと此方を向いて、にこにこ笑って何遍も点頭いたのはどう云う意味だったのだろう?

手風琴のちょび髭は、この一行の親分らしい。大きな声で何か云って弾き出したら、また合唱が始った。一曲終ると直ぐ次の曲が始る。ちょび髭は沢山唄を知っていて、次から次といろんな曲を弾くが、此方の知っている唄は一つも無い。偶に哀調を帯びたしんみりした唄もあるが、大抵陽気な曲で、互に手を組んで身体を揺すって愉しそうに歌っている。矢鱈に陽気な曲があって、そのときはみんな忙しく立ったり坐ったりして歌った。床を威勢良く踏み鳴らして立って、がたんと椅子に坐るからたいへん騒騒しい。面白がって見ていると、婆さん連中は元気に立ったり坐ったりするが、爺さんのなかには三度に一遍ぐらいしか立たないのが何人かいた。

その裡に、ちょび髭が手風琴を弾きながら一人で歌い始めた。早口に一しきり何か歌うと、続いてみんな大声で合唱する。合唱が終ると、またちょび髭が早口で歌う。それを聞いている連中が腹を抱えて笑っているから、何か滑稽なことを云っているらしい。それが済むとまた大合唱である。繰返しの文句は決っているが、ちょび髭の歌う文句は即興のものらしい。ちょび髭が歌い出すと、みんな今度はどんなことを云うのだろうと期待するらしく眼を丸くする。それから大笑して繰返しを合唱する。文句が判らないのは残念だが、それは一向に苦にならない。笑の渦に巻込まれて、たいへん愉快である。途中でホテルの主人が戸口から覗いて、ちょいと会釈して引込んだのは様子を見に来たらしい。

それが済むとまた別の唄になって何曲歌ったか知らない。プロジット・プロジットと云う声がして、乾杯の唄が始った。唄が終ると、みんなプロジットと云ってグラスを挙げた。近くの連中と、かちりとグラスを鳴らして乾杯してから、礼を云ってその部屋を出た。浩三はちょび髭の所に行って握手して何か話していた。われわれを代表して礼を云ったのだろう。

三階に上ったら嘘のように森閑としている。窓のカアテンをちょっと引いて見たら、一面の闇で何も見えない。直ぐ眠れそうもないから、吉岡の部屋で三人でコニャックを飲みながら暫く話をした。浩三の話に依ると、手風琴を弾いていたちょび髭は、西ドイツの何とか云う田舎町の時計屋さんだそうである。多分その町に帰っても、時計屋さんは町内の世話役のようなことをやるのかもしれない。見たことも無い町角の小さな時計店が、何だか見えるような気がする。

遅くなったから眠ることにして、自分の部屋に戻って手帳に覚書を附けていると、浩三が扉を敲いて、

――ちょっと僕の部屋に来てみないか？

と手招きした。浩三の部屋は二階だから階段を降りて浩三の部屋に行った。二階の部屋には、三階と違ってヴェランダが附いている。浩三はそのヴェランダに出て、

――寒いけど、ちょっと出て見給え。

と云う。ヴェランダに出たら、夥しい星が散らかっているから吃驚した。ちょっと手で掻き寄せて掬ってみたい。文字通り満天の星で、見ていると、ときどき長く尾を曳いて星が流れる。星空はこれ迄何遍も仰いだが、こんなに沢山星が出ていて綺麗な空は見たことが無い。どうだ、素晴らしいだろう？　と浩三は何だか得意そうである。

――うん、なかなかいい。

――この星空を君に見せてやろうと思ったんだ……。

寒くなったから自分の部屋に帰ることにして三階に上ったら、薄暗い廊下を箒に跨った魔女が歩いて来るから驚いた。気が附いたら階下で歌っていた婆さんの一人で、懐しそうな顔をして、お休み、と云った。寝間用の帽子を被り、ガウンの下に長い寝間着を引摺って、手洗に行った帰りかもしれない。

朝起きたら、霧がかかっていた。広場の向うの何とかヒュッテは判るが、その先の山は白い霧に包まれて見えない。八時頃階下の食堂に降りて行って、昨夜と同じ食卓に坐っ

た。まだ、子供連の客が二、三組しかいない。隣の席も空いているのを見て、

——あの女性はまだ寝てるらしいね……。

と吉岡が云った。

朝食はパンと珈琲と決っているから、別にベエコン・エッグを注文した。今夜はインスブルックでウイナ・シュニッツェルを試みたい、から始ってその日の予定を話し合いながらパンを千切っていると、霧が流れてだんだん視界が展けて来る。山の麓の岡の草地が現れて、そこに小さな祠のようなものが見える。祠のなかには、何か白いものが見える。昨日は別に気にも留めなかったが、霧が薄れるにつれて姿を現したら何だか気になる。

——あれは何だろう?

浩三に訊くと、白く見えるのは十字架に掛けられた基督の像だそうである。草地を通る小径の傍に祠が立っているらしい。路傍のお地蔵さんと思いたいが、基督の磔像では大分趣が違う。岡の上の山にはまだ霧か雲が残っていて、他の山も見えない。

食后一服していたら、何だか明るくなって来たようである。岡の祠迄行ってみることにして、ぼつぼつ行こうかと立掛けたら、昨夜の女性が食堂に這入って来た。恥しそうな笑顔で此方の方に会釈すると、隣の食卓に坐った。われわれも会釈して、何となく顔を見合せたのはどう云う訳か判らない。その女性が這入って来たのに直ぐ出て行ったら、相手は気を悪くしないだろうかと吉岡が気にした。尤もな心遣だが、半分立掛けたのにまた坐り

直すのも変だから、その儘食堂を出た。

廊下に出たらホテルの主人がいて、浩三は何か話している。昨夜は愉しかったか？　とかよく眠れたか？　とか話しているのかもしれない。テラスに出る扉があるから扉を開けてテラスを覗いたら、近くの青い卓子の上に黒い色眼鏡が一個載っていた。昨日テラスで黒眼鏡を掛けて本を読んでいた男がいたが、その男が置忘れて行ったのだろうか？　何だか霧で濡れているように見える。

ザンクト・アントン

汽車が小さな駅に停ったから、どこだろう？　まだザンクト・アントンじゃあるまい、と同行の吉岡と話していたら隣の男が此方を向いて、ザンクト・アントンだと云った。吃驚して汽車を降りた。曇天で、夏なのに冷い風が吹いている。ザンクト・アントンと云う所に来たが、どんな所か知らない。チロルが気に入ったので、もう一晩どこかに泊りたい。そう思って浩三に相談したら、ザンクト・アントンがいいだろうと云うからやって来たに過ぎない。何でもスキイで有名な所で冬は混雑するらしいが、夏は閑散としている筈だと云ってホテルの名前を書いて呉れた。

インスブルック迄は独逸語の先生の浩三が一緒だったから、万事浩三に任せて置けば良かった。しかし、浩三先生はインスブルックからミュンヘンに帰って行ったから何だか心細い。駅員に浩三の教えて呉れたホテルの名前を云って道を訊いたら、英語が通じたからやれやれと思う。尤も指で右の方を指して、真直ぐ行けと云う程度のことしか教えて呉れない。

右の方に歩いて行ったら道が二股になって、どっちへ行っていいか判らない。右の道は坂を上って行くが、坂の上の見晴しのいい所にホテルが建っていると思うのは単なる希望に過ぎない。試みにその坂道を上って行くと、小学二、三年生ぐらいの男の子と女の子が走って来るのに会った。吉岡がその子供を摑まえてホテルの名前を云ったら、男の子が何やら威勢良く喋り始めたが珍紛漢でさっぱり判らない。

——英語は話せるか？

と訊いても首を振って、早口に何か喋っている。二人共金髪の可愛らしい子供で、黙って聞いていると小鳥が囀っているようだが、男の子は何故僕の云うことを判って呉れないのだろう、と云う顔をして一生懸命話しているからそう思っては申訳無い。しかし、判らないことをいつ迄聞いていても仕様が無いから、兎も角礼を云ったら二人共本当に大丈夫なのだろうかと云う顔をして、走って坂を下って行った。

坂の途中には haus と書いた家が幾つも眼に附く。これは英国の Bed & Breakfast と同じものだと浩三に聞いた。ホテルは諦めてハウスに泊ることにして、窓に花を飾った小綺麗な一軒の扉口に立って泊れるかと訊くと、マダムがどうぞと云った。こんなことなら、最初からホテルなぞ探さなければ良かった。ベッド二つにシャワアとトイレの附いた清潔な部屋で、窓から青い山が眼の前に見える。山裾の草地に牛が遊んでいる。

散歩に出たら、ロオプウエイの発著所があったから乗ってみようと思う。発著所の建物に這入ったら、がらんとしていて誰もいない。切符売場に時間表が出ていて、それを見るとまだ動いている筈だが窓口も閉っている。そこへ爺さんが一人来たから、ロオプウエイにはどこで乗るのかと訊くと判ったらしく、黙って上の方を指した。階段があるから上って行くと、成程そこが乗場になっていて、われわれの姿を見て若い男が出て来た。そこで金を払ったら切符を呉れて、われわれが乗るとその男も乗って間も無く動き出した。客は他には一人もいない。

小型の乗合自動車ぐらいの箱で、座席も何も無いから窓の所に立って、ザンクト・アントンの町が段段遠く小さくなって行くのを見ていた。山に囲まれた小さな町である。それから四囲の山や眼下の山肌を見ているといつの間にか霧がかかって、上るにつれて霧が深くなって、その裡に全く視界が利かなくなってしまった。

——何だ、何にも見えなくなったね……。

吉岡もがっかりしたようである。

一面の白い霧のなかで、ぼんやり烟草を喫んでいたらやがて頂上の終点に着いた。何と云う山か知らない。頂上には矢張り建物があって、土産物店や広い食堂もあるが、がらんとして誰もいない。土曜日だから早仕舞したのか、時間が遅かったのかよく判らない。外の展望台に出て見ても、濃い白い霧が流れているばかりである。

これじゃ何のために上って来たのか判らない。二十分するといま上って来た奴が下ると云うからそれに乗って戻ろう、と吉岡と話していると、どこから来たのか、登山服姿にルック・サックを背負った老人が霧のなかから姿を現したから驚いた。大分前に上って、その辺を歩いて来たのかもしれない。

双方で何となく会釈を交したら、老人が生憎の霧でと英語で云った。しかし、英国人ではないらしい。初めて来たのかと訊くから初めてだと答えたら、老人は私はもう三度目だが晴れていると佳い眺だと云う。陽に灼けた、背の高い老紳士で、何だか亡くなった小泉信三氏に似ている。吉岡にそう云ったら、

——うん、よく似ている。

と点頭いた。「小泉さん」と二人でがらんとした所に立っていると、事務所のような所から先刻の若者が出て来て、出発だと合図した。若者の後から若い女が一人出て来て、われわれを珍しそうに見て会釈した。茲の店で働いている娘さんらしく、店仕舞して下山すると見える。箱が動き出したら、白い霧の海に浮いているような気がする。若い男と娘は、片隅で何だか親しそうに話している。客の三人は黙って白い霧を見ている。

ハウスでは夕食は出さないから、夕方、吉岡と坂を下って、踏切を渡って、通のレストランに行った。散歩して気が附いたが、坂の多い町で宿屋も多いらしい。至る所にハウスの看板が出ている。多分、冬になるとこの町もスキイ客で脹れ上るのだろうが、夏のせいかどこも閑散としている。清潔で綺麗な町で、町と云うよりは村と云った方がいいかもしれない。

通のレストランはかなり大きな店で、半分ぐらい客が入っていた。インスブルックのホテルの食堂で料理を二、三品注文したら、量が多過ぎて持て余した。このレストランでは用心して、草地に牛のいたのを想い出してステエキとビイルを注文した。英語の献立表は無いと云うから、好い加減に注文する他無い。この后行ったチュウリヒのレストランには婆さん給仕がいて、英語の献立表もあって、訊くといろいろ教えて呉れた。多過ぎるから一皿にしろと注意して呉れたりした。ザンクト・アントンのレストランの給仕の娘さんは、愛想は好いが婆さん給仕程英語が通じないから止むを得ない。

ビイルを何杯か飲んでステエキを食ったら、それでも好い気分になって暫く吉岡と話をした。それから夜風に吹かれて宿に戻って、コニャックを飲んだ。森閑と静まり返って、何の物音もしない。

翌朝、下の小さな食堂に行ったら他に二組ばかり客がいた。パンと珈琲の食卓に坐っていたら、昨日ロオプウエイで一緒になった「小泉さん」が這入って来たから吃驚した。先方も此方を見て驚いたらしく、おお、と云って片手を挙げるとにこにこ笑った。同宿人とは知らなかった。それから食堂を出て、会計を済せた。一人八十五シリングだから千二、三百円ぐらいらしい。たいへん安い。

十時四十九分のチュウリヒ行の汽車に乗る予定だが、まだ大分時間がある。町を歩いてみることにして、駅に行って手荷物を預けることにする。行ってみると預り所の硝子戸が閉っていて開かない。金網入りの厚い硝子をどんどん叩いていていたら、やっと硝子戸が開いて駅員が顔を出した。そう云う仕掛になっているらしい。

荷物を預けて、町の真中を通る目抜通をぶらぶら歩いた。広い道ではないが、車も余り通らない落着いた通である。両側には白壁や灰褐色の壁の店が並んでいて、日曜日だからみんな閉っている。浩三の教えて呉れた、何とか云う有名な元スキイ選手の出している運動具店もあった。大抵の家の窓に紅い花が飾ってあって綺麗である。

日曜日だから教会の鐘が鳴っている。山のなかの小さな町にその鐘の音が響き渡って、それに誘われるように通を教会へ行く人達が歩いている。夫婦らしい二人連や家族連が多い。みんな晴衣を着て、子供も上下揃の服を着てネクタイを附けている。

通の真中辺の右手に小さな広場があって、そこに教会があった。その辺には人が群れていて、教会に吸込まれて行く。そこ迄来ると鐘の音が大きくなって、曇った頭上の空に消えて行くようである。

――どうだい、這入ってみようか？

吉岡がそう云ったが、まあ止めて置こうと云うことになった。

教会を通り過ぎると店は尠くなって、ホテルとかハウスが沢山ある。その先の山の方に木彫の職人の工房があるとどこかで見たので、時間潰しにそこに行く心算で歩いて行った。左手の線路のガアドを潜って上ると、もう町外れらしい。小さな部落があって、その入口のちっぽけな広場に直径三米、高さ一米ばかりの大きな木の桶が据えてあった。真中に太い木の柱が立っていて、柱の上には両手を拡げた彩色した人形が載っていて、その頭の上に屋根がある。柱の中程には筒が附いていて、そこから水が落ちている。

――何だい、これは？

二人で考えたが判らない。吉岡は家畜に水をやるためのものだろう、と云うからそう云うことにして置いた。

所どころ路傍の草地に、乾草作り用の棒が吊してある。太い柱を二本立てて、それに屋根を渡して、その下に棒が何十本も吊してある。棒には横木が何本も附いていて、これを地面に立ててその横木に刈取った草を掛けて乾かすのである。これは二日前に行ったキュウタイと云う所で、実際に農夫が乾草作りをやっているのを見たから知っている。広い草地に乾草を掛けた棒が沢山並んでいると、まるで簑を着た人間が並んでいるように見える。

木彫職人の家に行ったら、門の所に屋根の附いた硝子張りの陳列箱があって、パイプを咥えた老人とかその他の人形とかいろいろ並べてあった。なかも見せて呉れるらしいから扉口に行って呼鈴を押したら、四十五、六のジプシイみたいな顔のお内儀さんが出て来て、主人はいまヴィレッジに行って留守だから三十分ぐらいして来て呉れ、と下手な英語で云った。ヴィレッジに行ったと云うのは、町迄行きましたと云うことだろうと思う。主人は教会へ行ったのかもしれない。

——あんな所迄彫ってるよ。

吉岡が云うから見ると、庭の枯木に老人の顔が彫ってある。

三十分ぐらいしたら来て呉れと云うが、そんな時間は無いからいま来た路をぶらぶら引返した。ガアドを潜って通へ出て教会の近く迄行ったら、教会から出て来た人達がぞろぞろ歩いていた。町の人が教会に這入るのを見て、それからまた出て来るのを見ると、この后この小さな町の連中は休日をどう過すのだろうと知りたくなる。

駅に行ったら、ひょっこりまた「小泉さん」に会った。よく会いますね、と小泉さんが云う。これも何かの縁だと思って一緒に写真を撮らないかと云うと、にこにこ笑って気軽に応じた。その写真に小泉さんは直立不動の姿勢で写っている。但し顔は笑っている。名前も住所も訊かなかったから、無論どんな人かも知らない。しかし、ザンクト・アントンと聞くと、霧のロオプウエイで会った「小泉さん」を想い出すだろうと思う。

小泉さんに別れて小荷物預り所に行って、また厚い硝子をどんどん叩いた。なかなか出て来ない。そう云う仕掛になっているとは承知しているが、今度は汽車に乗るのだから好い加減に出て来て呉れないと困る。やっと旅行鞄を受取って、プラットフォオムのベンチに坐って時計を見たら、汽車が到着する迄にまだ十五分あった。

チュウリヒ行の汽車に乗って、空いているコムパアトメントに這入った。六人掛の部屋に二人先客がいる。中年男と中年女が窓際に坐っていて、われわれが這入って行ったら大きな声で何か話し合っていた。動き出してからも、大声で話している。坐って間も無く禁烟車なのに気が附いた。禁烟車のコムパアトメントでは無論烟草は喫めない。しかし、禁烟車だから空いていたと云うこともあるから、烟草の喫めるコムパアトメントに移ろうと思っても、果して席があるかどうか判らない。

——まあ、茲で我慢しよう。烟草は廊下に出て喫もう。

——うん、しかし隣の二人はうるさい奴等だな……。

どう云う連中か判らないが、矢鱈に大声で喋るからたいへん喧しい。何を話しているのか知らないが、少し静かにしたらどうかと云いたくなる。女は昔の独逸映画によく出て来た意地悪な女学校の先生、若しくは寄宿舎の舎監にそっくりの顔をしている。それがきんきんした声で喋ると、男も負けじと大声を出すから気に喰わない。

一時間ばかり喋り続けて、何とか云う駅に停ったら、男は笑って女と握手して降りて行った。男がいなくなったら室内が急に静かになって、寧ろ物足りないぐらいである。

或る駅でプラットフォオムに売子がいたから、ビイルとハムを挟んだパンを買ったら、女も立って行ってコカコオラを買った。ビイルを飲んでいると、吉岡が君は気が附いたかい？　と云う。何だいと訊くと、女はコカコオラを買う前に財布を覗いて、ちょっと考えてから立って行ったと云う。ふうん、知らなかった、と女の方を見ると、窓際の棚に瓶を載せて窓の外を見ている。何だかしょんぼり淋しそうで、意地悪な舎監のようには見えない。

湖畔の町

汽車でチュウリヒに着いたら雨が降っていた。先ず宿屋を見附けなければ不可ないから駅の案内所の所在を訊いて行ってみたら、生憎日曜日で休である。案内所の前の壁にはホテルの写真が沢山並んでいて値段も書いてある。これなんかちょっといいね、と同行の吉岡が云うが、西も東も判らないからタクシイで行く他無かろう。行ってみて満員だったら、あとは運転手に任せるしか無い。

そう思っていたら、横の壁に名札みたいなものが何列にも並んでいるのに気が附いた。その間に電話が幾つかある。何だか書いてあるから読んでみると、受話器を外して希望のホテルの名前の札を押すと直接先方のホテルに繋ると云うのである。この仕掛には大いに感心した。これなら案内所が休でも差支えない。早速、吉岡がちょっといいと云ったホテルの名札を押したら直ぐ先方が出て、気の毒だが部屋は無いと云う。

——満員だそうだ。

——じゃ、これはどうだろう？　河っぷちで眺も佳さそうだよ。

そのホテルを呼出したら、女の声で部屋があると云ったから一安心した。寝台二つにシャワア、トイレ附きで二人で五十七フランだそうである。そこに決めて、タクシイに乗れば判るかと訊くと、タクシイなんかに乗ることは無い、橋を渡って直ぐの所だから歩いていらっしゃい、三十分以内に来られるか？　と云うから三十分以内に行くと答えて電話を切った。

橋を渡って直ぐと云うが、その橋がどこにあるのか判らない。電話を切ってからそれに気が附いたが、また掛けるのも煩わしい。どうせ直ぐ近くにある橋だろうからと、近くにいた中年男に訊くことにした。この男はどう云う料簡か知らないが、此方が電話している間、凝っと立って見ていたのである。その男に英語は話せるかと訊くと、少し、と云うからホテルの名前を云って駅近くの橋はどこにあるかと訊いたら、急に吃驚したような顔をして、アイ・ドント・ノウと首を振って逃げて行ったから一向に頼りにならない。ちょうど荷物を手押車で運んで来る年輩の駅員がいたから、ホテルの名前を云うと、

——あっちだ。

と左の方を指で示した。

地下道があるから降りたら、雨のせいか人が沢山歩いている。人混みに交って少し歩い

て地上に出たら眼の前にちゃんと橋があって、白鳥の浮いている河が見えた。橋を渡ったら河畔に目的のホテルがあった。歩いて五分と掛らない。古ぼけたホテルだが落着いていて感じは悪くない。

ホテルの受附でマダムが呉れた小さな案内書の地図を見ると、前の河はリマト河と云うのである。尤も、われわれの部屋は横手か裏手の方だから河は見えない。その替り、窓から覗くと直ぐ左手に、ケエブル・カアの線路が見える。窓の外の往来の上に鉄橋が架っていて、見ていると赤いケエブル・カアがごとんごとんと登って行く。上の方は雨に烟る緑の樹立のなかに消えてしまうから、その先がどうなっているのか判らない。判らないから、乗ってみるのが愉しみである。

前の往来の向う側は石の崖になっていて、崖の上の坂道を傘を差した人が通る。黒い傘もあるし赤や青の傘もある。ぼんやり烟草を喫みながら知らない町の雨を見ていたら、何だか旅人らしい気持がした。

ホテルで呉れた小さな案内書には、当ホテルの食堂は皆様のお出でをお待ちしております、と書いてあるから夕食に階下の食堂に降りて行った。扉を押してなかに這入ったら薄暗くがらんとしていて、われわれを待っていたようには思われない。時間が早過ぎたのかしらん、と思ったが隅っこの方で七、八人の男が長い卓子に向って食事しているから、此方もその辺の席に坐った。七、八人の男のなかの一人は若い日本人で、此方を見ると困ったような恥しそうな顔をしたのはどう云うことかと思う。坐って一分と経たない裡に、尖った顔の気の強そうな婆さんがやって来て、いきなり、ノオ・ノオと云ったから面喰った。

——われわれは食事したいのだ。

と云っても婆さんは忙しく首を横に振って、クロウズド、クロウズドと繰返す。それから独逸語で訳の判らないことを云ったと思ったら、「店仕舞」と書いた札を持って来ると扉の把手に吊して、これこの通り、と云う顔をした。どう云うことかさっぱり判らないが、追出されたことに間違は無いらしい。変な婆あだと腹を立てて受附のマダムに云ったら、済みません、日曜日は休なので、と云う返事でやっと納得が行った。食事していた男達は使用人だったらしい。

隣にレストランがあるから、と教えられてその店に行ったらこれも古ぼけた店で、そのせいでもあるまいが三、四人いる給仕女はみんな婆さんである。その一人の眼鏡の婆さんが来たから、英語の献立表を貰った。これはホテルの食堂の婆さんと違って、丸い穏かな顔である。吉岡と相談して牛の舌を食うことにして、もう一品何がいいかと婆さんに相談したら、牛の肝臓のスライスとか云う奴が美味いと云う。

——じゃ、それと牛の舌を二皿ずつ……。

と注文したら眼鏡の婆さんが眼を丸くして、首を振った。それは多過ぎる、牛の舌と肝臓と一皿ずつ取って二人で分けなさい、と云うのである。郷に入っては郷に従えと云うから婆さんの云う通りにして、先ずビイルを飲んだ。見廻したところ、中年、老年の客が多い。食卓の上には大きな金属製の灰皿があって燐寸が立ててある。日本では見たことがあるが、外国では初めてお眼に掛る代物だから何だか懐しい。

茲に来る前は、チロルに三晩ばかり泊った。チロルの山の宿は良かったな、と吉岡と話していたら眼鏡の婆さんが肝の料理の皿を運んで来た。別に皿を二枚持って来て、それに取分けて呉れる。一方が多過ぎないように、公平に分けようと気を使っているから面白い。ソオスも一滴も残すまいと云う感じで叮嚀に大きな匙で掬い取るから、好い感じである。食ってみるとたいへん美味い。そう云ったら、立って見ていた婆さんは嬉しそうな顔をした。

肝料理を食っていると、婆さんが平べったい金属の容器を持って来て卓子の上に置いた。蓋を取ると、なかに蠟か何か入っていて芯が二つ出ている。婆さんは卓子の上の燐寸でその二つの芯に火を点けたから、何故灰皿に燐寸が附いているか納得が行った。その容器が温った頃、牛の舌の皿を持って来てその上に載せる。それから、肝が無くなった頃来て、別の皿に舌を取分けて呉れた。舌は大振りの切身が三枚ある。その一枚を等分に切って、ちょっと見較べていたから何だか可笑しかった。このときも、ソオスを一滴も残さないように掬い取る。

——うん、美味い。

吉岡が舌を食って大きく点頭いたら、空いた皿を片附けていた婆さんがにこにこした。牛の舌と肝を食ってビイルを三杯飲んだら満腹したから、少し歩くことにする。橋を渡って駅迄行って、駅前のバアンホフ通と云う広い通を散歩した。並木のある広い歩道が両側にあって、真中を青い電車が通る。商店はみんな閉っているが、飾窓には明りが点いている。九月の初めだが広い通を涼しい風が吹いて、飾窓を覗込みながらぶらぶら歩くのは愉しかった。

——この風は湖から吹いて来るんだろう。

——そうかもしれないな……。

その裡に、一時歇んでいた雨がまた降り出したので、ホテルに帰って吉岡とコニャックを飲みながら暫く話をした。

この前の晩は、チロルのザンクト・アントンと云う小さな町に泊った。村と云った方がいいかもしれない。何でもスキイで有名な所らしいが、夏だから閑散としている。夜になると森閑と静まり返って物音一つしない。それに較べると茲は大きな町だから、窓の外を車が通る。往来の話声が上って来る。

——今朝はザンクト・アントンにいたのに、いまは隣の国にいるんだから妙なもんだな……。

――うん、面白いね、好い旅行だ。明日は晴れるといいがね。

と吉岡が云う。

朝食にホテルの食堂に降りて行ったら、五、六組の客が坐っていた。空いた席に坐ったら、尖った顔の婆さんが珈琲とパンを持って来た。それでは何だか物足りないから二人で茹玉子を取ることにしたら、玉子を持って来た婆さんが伝票にするか現金で払うかと訊いた。現金で払うことにして値段を訊くと、二箇で一フラン四十と云う。ポケットから二フラン出して渡すと尖った顔の婆さんはダンケ・シェンと受取って、当然のことのように釣は寄越さない。それから、昨夜は日曜日なので食堂は開けなかったのだ、と独逸語と英語を混ぜて弁解するような謝るようなことを云った。釣銭の分だけ愛想を云ったのかもしれない。

ホテルの居心地は別に悪くないし、隣のレストランも気に入ったからもう一晩そのホテルに泊ることにして、受附に行ってマダムにその旨を伝える。それからホテルを出てケエブル・カアに乗ることにしたが、不思議なことにその乗場が判らない。部屋の窓から直ぐ左手に見えたから、外へ出たら簡単に見附かるものと思っていたのに、一向にそれらしいものが見当らない。

角に烟草屋があるからそこの主人に訊いたら、店から出て来てそこだと教えて呉れた。ホテルの右隣は例のレストランだが、左隣の建物に這入るとなかはがらんとしていて、その奥の一段高くなった所がケエブル・カアの発著所になっているのである。一見何の変哲も無い建物だから、そのなかに発著所があるとはとても思えない。車掌に幾許かと訊くと、何とか云ったが判らない。吉岡と二人、ポケットの小銭を掌に載せて出したら、先方はそのなかから料金分だけ取って、ダンケと云って切符を呉れた。切符には二十五ラッペンとある。二十五サンチイムと同じことらしい。

ケエブル・カアには、若い男と娘さんと二人しか乗っていない。われわれが乗ると直ぐ動き出した。ちゃんと階段式の座席になっているから、何だかこれから登山でもするような気がする。往来に架った鉄橋を渡って、ごとんごとんと緑の樹立のなかに入る。これからが面白くなるのだと思っていたら、その先で複線になって、上から降りて来た奴と擦違ってごとんごとんと上ったら、もう終点だから洵に呆気無い。百米も無いかもしれない。

終点の場所は大学通の直ぐ下の辺で、少し上ると樹立の多い人通りの尠い静かな大学の通に出る。最初に眼に附いたのは理科大学か何かの建物らしく、ダ・ヴィンチとかフンボルトとかフランクリンとかその他の人物の肖像が壁に並んでいる。吉岡は個人的な理由があって、この大学を見るのが目的だから頻りに写真を撮る。尤も、外から見るだけでいいと云うのだから何も面倒は無い。此方は何の目的も無い。友人の吉岡に附合ってこの町に来ただけだから、弥次馬然と歩いている。

その裡に、吉岡がこの大学の案内書を貰って来ると云い出した。日本の大学の入学要項に相当するものがあるに違いないから、それを貰って来る。

——君はちょっと待っていて呉れよ。俺一人で大丈夫だから……。

そう云うと、せっかちな男だからちょうど右手にあった建物のなかに這入って行ってしまった。建物の入口の上には、物理学研究所だったと思うが、何でもそんな名前が書いてあった。そんな所で案内書が貰えるかどうか知らない。そもそも案内書が存在するかどうかも判らない。しかし、這入って行った以上は、出て来るのを待つ他無い。

入口の外に車寄がある。その植込の傍で烟草を喫みながら待っているが、吉岡は一向に出て来ない。ときどき学生らしい若者が通る。五、六人通ったかもしれない。知らん顔で通るのもいるし、気になるように見て行く者もある。その裡の一人は少し行過ぎてから立停って、心配そうに振返った。途方に昏れていると思ったのかもしれない。大丈夫だ、と云う心算で点頭いたら先方も安心したらしく笑って行ってしまった。

どのくらい経ったか知らないが、入口の扉が威勢良く開いたと思ったら、吉岡があたふたと飛出して来た。様子が尋常でない。

——案内書はあったのかい？

——それどころじゃないんだよ。

静かな通を歩きながら、吉岡の話を聴いた。元来大きな声の持主だから、ときどき、おい声が大きいぜ、と注意しないと異国の人間を無用に仰天させることになる。

何でも吉岡が這入って行ったら受附みたいな所があって、三十ばかりの女がいたからその女に、ガイド・ブック、と云った。案内書を呉れと云った心算だが、女には通じないらしく首を傾げた。独逸語を入れた方がいいかもしれないと思って、ガイド・ブッフ、と云ってみたら女は肩をすくめて両手を拡げた。発音が悪かったかもしれない。それから女は奥に引込むと、三十四、五歳の男を引張って来た。その男は吉岡を見ると愛想好く、貴方は独逸語が話せるか？　と英語で訊いたから吉岡はノオと答えた。

——仏蘭西語は？

——ノオ。

——英語は？

——ノオ。

ノオばかりでは些か面目に関ると思ったので、アイ・アム・ア・ジャパニイズと云ったら先方は大いに尊敬するらしい顔をした。それから男が何とかドクタア何とか？　と訊いた。遠路はるばる訪ねて来た日本のドクタアか？　と訊いたような気がするから吉岡はイエスと答えて、ガイド・ブックと附け足した。ドクタアに成り済した方が、案内書を貰うのにも好都合だろうと思ったのである。

それを聞くと男はどこかに電話して何か話していたが、電話を切ると吉岡の所に来て、どうぞ、と云う身振をして先に立って廊下を歩き出した。吉岡が随いて行くと、男は或る部屋の扉を開いて吉岡をなかに入れた。実験室のような所で、何だか判らないがいろんな設備がある。学生らしいのが何人かいて、何かやっているが吉岡には珍紛漢である。

——もう充分か？

男がそう訊いたらしいので、イエス、と云うと男はその隣の部屋に吉岡を案内した。壁にはグラフか何か一杯貼ってあって、茲でも学生らしいのが何かやっている。フラスコがあったから吉岡がそれを指して、フラスコ、と云ったら男は笑って点頭いた。学生達も吉岡の方を見て笑った。

その部屋を出たら、また次の部屋に這入ろうとするから吉岡も閉口した。先方は吉岡がその研究所の内部を見たがっていると誤解したらしい。先刻電話を掛けたのも、主任か誰かに日本人を案内していいかどうか問合せたものと思われる。その好意は有難いが、吉岡はそんなに引張り廻されては迷惑である。案内書は呉れそうにないし、この先どこ迄連れて行かれるか判らない。そう思ったから、その部屋の前でお辞儀をして、

——サンキュウ、グッドバイ。

と云うと後も見ずに一目散に逃げて来たと云うのである。それから、いま頃先方はどう思っているだろうと云う。どう思っているか知らないが、折角親切に案内してやっている

のに突然グッドバイと逃出されたのだから、先方は面喰ってぽかんとしたに違いない。いま頃は、変な日本人が舞込んだものだと苦笑しているかもしれないと二人で大笑した。

——可笑しなドクタアと思ったろうな？

——そりゃそうだろう。あんまり名誉になる話じゃないな。

——うん、名誉な話じゃないね……。

吉岡も認めて笑い出したから、想い出して自分でも滑稽だったのだろう。

それで大学見物は中止して、坂道を降りることにした。この道も人通りは殆ど無い。吉岡は写真機を弄くりながら、どうも具合が悪い、故障したのかな、と首をひねっていると思ったら、不意に考え違いをしていたようだと云い出した。何とかドクタア何とか？と先方が云ったのを、吉岡は勝手に日本から来たドクタアかと訊かれたと解釈した。しかし、つらつら考えてみると、この研究所のドクタア某に会いたいのかと訊いたのかもしれない。それでそのドクタアだか所長に電話したと考える方が順当のように思われるがどうだろう？

——うん、そうかもしれない。

——そうだよ、きっと。そうですよ。

と吉岡が云った。

坂を降りたら、旨い具合に美術館があった。美術館に這入る心算だったから都合が好い。前迄行くと、月曜日は午前中は休館と書いてある。仕方が無いから、大寺院に行くことにした。此方は何にも知らないが、吉岡は大学を見ると云う目的があったから、序にこの町のこともざっと調べて置いたらしい。美術館と寺院を観ると云うのが、吉岡の案である。

先方の町角に写真機を売る店があるから、そこに這入って吉岡は写真機を見せた。親爺はちょっと待って呉れと写真機を持って奥に這入ると、フイルムを巻戻した奴を持って笑いながら出て来た。故障したのではなくて、フイルムが終っていたのである。吉岡がフイルムの齣数を間違えていたらしい。吉岡は何だか恐縮したような顔をしてフイルムを二本買った。この店の親爺に大寺院への道を訊いて、教えられた通り美術館の前を通ってその先を左へ折れて行くと、骨董屋や本屋のある狭い路に入る。骨董屋を覗いていた吉岡は、ロンドンの店の方がずっといいねと云った。ロンドンの骨董屋で買った古いタイルを想い出したのかもしれない。

吉岡は大学の案内書にまだ未練があるらしく、骨董屋の筋向いの本屋に這入った。客は一人もいない。店の奥の方の机で、若い男と若い二人の女が珈琲か何か飲んでいる。仕事の合間に一服していたらしい。われわれを見ると、女の子の一人が立って来た。当地の大学の手引か案内書のようなものはあるかと訊いたら、若い男が立って来て「チュウリヒ大学」と云う本を出して見せた。表紙に一九七二年から七三年の「冬学期」とあるから、新学期の講座内容を示す定期刊行物らしい。吉岡はそれを買った。

後で見せて貰ったら、文学部のなかに日本学と云うのがある。そこを見たら、日本語の講座が幾つもある。その他にBashôをテクストに用いる「古典文学」やNagai Kafûと云う講座もあるから、予備知識の無いわれわれは吃驚した。日本人の先生の名前も二、三見える。

多分その本屋の近くだったと思うが、画廊があったから這入ってみた。水彩画とデッサンばかり沢山置いてある。

——あんまりいい画はないね。

——うん、つまんない画ばかりだ……。

二人で話していたら、奥にいた中年女がじろりと此方を見たようである。日本語が判る筈は無いと思うが、案外何となく判ったのかもしれない。われわれの知らない名前ばかりで、値段もそう高くなかったような気がする。一瑞西フランは八十四、五円だそうだから、いちいちフランを円に換算して、その上で安いとか高いとか判断しなければならない。

それからグロスミュンスタアに行ったが、地下室にあったシャルルマアニュ大王の大きな像しか憶えていない。大きな剣を膝に横たえた大王が大きな眼玉を剥いて坐っている。ごつごつした荒っぽい造りだから余計怖しく見える。その前に立ったら、こら、と怒鳴られるような気がした。

地下室から上って、片隅の絵端書売場で絵端書を買って出ようとしたら売場の爺さんに呼び止められた。絵端書に写っている建物を指して、このフラウミュンスタアに是非行くといい、シャガアルの素晴しいステンド・グラスが見られるからと云うのである。一、二年前に完成したものらしい。

折角だから大寺院の前の橋を渡って、河向うのフラウミュンスタアに行った。なかに這入るとパイプオルガンの大きな音がする。建物の一翼の高い五つの窓に、シャガアルのステンド・グラスが入っていた。赤、青、黄、緑がそれぞれの窓の基調になっていて、その辺が何だか華やかである。「予言者の窓」とか「ヤコブの窓」とか「キリストの窓」とか名前が附いているが、それは后で小冊子を見たから判ったので、歩き疲れたから暫くベンチに坐ってぼんやり見ていた。あちこちに、坐って凝っと窓を見ている若者がいる。みんな旅人かもしれない。

リマト河沿の路を歩いて湖畔に出たら、岸辺に鳥が無闇に群っていた。白鳥、鴨、家鴨、鳩、雀、まだいたかもしれない。その辺は樹立が並んでベンチが置いてあるから、ベンチに坐って一服する。そこから見える山をパノラマ風に描いて名前を附けた説明図の台があるが、曇っていて山は全然見えない。対岸も烟ってよく判らない。桟橋には観光船が何隻か停泊していて、突堤の先で釣をしている人もいる。

咽喉が乾いたのでビイルを飲むことにして、バアンホフ通に入って、眼に附いた大きなレストランでビイルを二杯飲んだ。客が一杯いて、がやがや喧しい。おまけに、這入って坐ったら直ぐ近くで、若い給仕の一人が飲物の載った盆を引繰り返したから一騒である。夏場の臨時雇の給仕かもしれない。最初はその店で昼飯を食ってもいい気で這入ったが、何だか落着かない。

——矢張り婆さんの店に行こう。

——そうしよう。

と云うことになった。

婆さんの店に行く途中、駅の前を通るからロンドンに帰る汽車の切符を買って置いた方がいい。往路はロンドンからミュンヘン迄飛行機に乗ったら、矢鱈に上下左右に揺れて閉口した。吉岡は空中分解するのではなかろうかと心配した程である。帰りは汽車だからそんな心配は無い。ミュンヘンからチュウリヒ迄は一等の切符を買ったが、どうもそんな必要は無いらしいから、相談して一等は止めることにした。

駅に這入って、奥の売場でロンドン迄の切符を買った。一人百四十・四フランである。切符売場では時間のことは判らない。案内所に行ってそこの娘さんの一人に、朝チュウリヒを発って夕方パリに着く汽車の時間を訊いた。チュウリヒ発十時二分のバアゼル行に乗るとバアゼル着が十一時四分、バアゼルで乗換えて十一時二十分発パリ行に乗るとパリ着は十七時五十九分、と教えて呉れる。乗換は面倒臭くて気に喰わないが、他に適当なのが無いから仕方が無い。何時何分と云うが、大抵遅れるから当にならない。

絵端書の入っている袋に教えて貰った時間を書いて、パリ着はわざわざ書くにも及ばないから書かずに、有難うと云ったら娘さんは口を尖らせて、パリ着は十七時五十九分、午后の五時五十九分だと繰返すから仕方が無い、それも袋に書いた。書いてから隣に立っている婆さんを見たら、にっこり笑って点頭いたのは、どう云う心算か判らない。

ホテルの隣の婆さんレストランに行って、ビイルを飲んで仔牛の肉のカレエ煮と云う奴を食ったらこれも悪くない。余り混んでいないし、静かだからのんびりする。昨夜の眼鏡の婆さんは見当らない。別の婆さんが給仕するが、みんな同じような婆さんだから代映すると云うことも無い。

吉岡はこの店は安くて美味いと定評のある案外有名な店かもしれないと云う。或はそうかもしれない。料理は大抵十一フランぐらいで、これに一割のサアヴィス料が附いてビイルを飲んでも二人で二十七、八フランである。勘定のとき、婆さんは腰に吊した鞄みたいな大きな黒い財布をざらざらと拡げて釣銭を寄越す。

この店で休息して、それから美術館に行ったがどんな画があったかよく憶えていない。ホドラアが沢山あったことと、レムブラントが一点、コロオが二点あったことぐらいしか記憶に無い。午前中少し歩き過ぎたから、観ている裡に草臥れて画なんかどうでもいいと云う気分になったかもしれない。吉岡はインスブルックで買った新しい靴を穿いている。底の厚い丈夫そうな靴で、穿心地は申分無くて幾ら歩いても疲れないと云う。その吉岡と一緒に歩くのだから骨が折れる。

美術館を出てぶらぶら歩いて行くと、湖に面した橋に出る。河口で河幅が拡っているから橋も長い。いつの間にか陽が射しているが、遠くの山は依然見えない。湖にはヨットが浮いている。長い橋の途中で吉岡が写真を撮っているから辺りを眺めていると、先方から歩いて来た三十前后の女が通り過ぎて二、三米行ったと思ったらくるりと振向いて立停った。片手を腰に当がって此方を見る。ファッション・ショウの女性そっくりの恰好をしたから、何だか可笑しい。

どう云う心算か知らないが、写真を撮ったらどうかと催促しているようにも見える。此方は余り乗気でないから吉岡はどうだろうと吉岡の方を見たら、途端に女はくるりと向うを向いて行ってしまった。

——いまの女、見たろう？

——どの女だね？

吉岡は景色を撮るのに夢中で、気が附かなかったらしい。

橋を渡ってからバアンホフ通で買物をすることにして、近道をしようと小公園のなかを抜けて行くと屋台店があって、中年男が一人牛乳を飲みながらパンを齧っていた。それを見たら急に冷い牛乳が飲みたくなって、店の婆さんに牛乳を注文した。ホットかコオルドかと訊くからコオルドと云ったが、なかなか寄越さない。変な機械に牛乳を入れてがたがた云わせている。

——あれはきっとドライ・アイスで冷しているんだよ。

吉岡はそう云ったが、婆さんが出して呉れたのは熱い牛乳である。冷い牛乳をわざわざ熱くしたらしいから話が判らない。この婆さんは大分耄碌してるなと云ったら、吉岡が旅先ではいろいろ手違があるものだと執り成すようなことを云った。

買物をしてホテルに帰って水道の水を飲んだら、冷くて美味いから吃驚した。チロルの山のなかで飲んだ水より遥かに美味い。草臥れたからベッドに寝転んで、この水で酒を造ったら嘸(さぞ)美味いだろうと吉岡と話したが、酒に向く水かどうかは判らない。その裡に、眠ってしまったようである。

夕食を食いに、また隣のレストランに行った。一遍ぐらいホテルの食堂かどこか他の店に行ってもいいと思うが、折角気に入りの店が見附かったのだからその店に行った方がいい。ホテルの玄関を出たら食堂の灯が莫迦に明るく見える。何となく食堂のなかを見ると、いつも受附に地味な洋服姿で坐っているマダムが両肩を出した服を着て、食卓の間に立って嫣然と笑っているから、おやおやと思った。それを見たら、ホテルの食堂でビイルを飲むのも悪くないと云う気がする。しかし、それは気の迷いだと思い直して隣の店に這入ったら、婆さん給仕が懐しそうな顔をした。

この晩は別の婆さんの勧めるスカロップ何とかと云う料理を食ってビイルを飲んだ。何でもステエキを白葡萄酒で煮込んで、クリイムを掛けた奴だそうでこれもなかなかいい。満員になって、這入って来ても坐れずに出て行く人が多いから、日曜の晩以外は混むのかもしれない。食事が済んで、暗い河っぷち迄行って河風に吹かれていたら、

——いよいよ明日はパリだね。

と吉岡が云った。その声に驚いたのかもしれない、向うで白鳥にパンを投げていた男が、此方を窺うような様子をした。

ラグビイの先生

三日ばかり車で湖水地方を廻って倫敦へ帰る途中、ラグビイと云う町に寄った。ラグビイに寄ってみようと云い出したのは秋山君で、予定より早く走って時間があるから、と云う理由だったと思う。秋山君は自動車用の地図を見ながら、隣で運転している車の持主の冬木君と何か相談していたが、話が纏ったらしく背後のわれわれを振返って、では、そう云うことにいたしますから、と云った。秋山君はこの自動車旅行の進行係だから、万事は秋山君に任せた形になっている。念のため、

——しかし、ラグビイに行ってどうするんだい？

と訊くと、

——ラグビイ校を見物しようと思います。

と云う返事だから、些かがっかりした。娘はこれを聞いて、あら、いいわね、と無責任

な相槌を打っていたが、いろんな所を見物して来た后だから見物はもう願下げにしたい。五月中旬の天気の好い日で、まだ明るくて三時頃の感じだが、時計を見ると六時近い。見物と云っても、どうせ学校の建物を眺めるだけのことだろうから、そのくらいなら知らない町でビイルを飲む方が良い。しかし、好奇心旺盛な進行係に異議を唱えても始らないから承知したら、

——この分だと、ラグビイで夕食を、と云うことになりそうです。

と秋山君が云った。それなら、最初からそう云えば良いのである。

夕食に拘泥するには、多少理由が無いことも無い。この日は朝から、北方のハドリアンズ・ウォオルと云う昔羅馬人の築いた英吉利版万里の長城を見た。それから羅馬軍団の陣営の跡を見たりして、ニュウカスル・アポン・タインと云う町で昼食を摂ろうとしたが、好い店が見附からない。仕方が無いから広い自動車道路に出て、最初の大きなサアヴィス・ステイションに這入った。矢鱈に広い食堂があって、硝子のケエスのなかに皿に載った料理が沢山並んでいた。好きな皿を取ると、給仕の娘さんが電子レンジで温めて呉れる仕掛になっている。

カレエ・ライスの皿があったから、一番無難だろうと思ってそれを貰った。倫敦の印度人の店でカレエ・ライスを試みたら、悪くはなかったが何だか面白い味がした。茲は印度人の店ではないから、極く普通のカレエ・ライスだろう。そう思って口に入れて吃驚し

た。生れてからカレエ・ライスをどのくらい食ったか知らないが、こんなカレエ・ライスは口にしたことが無い。別にサアヴィス・ステイションの食物に文句を云いたいとは思わない。カレエ・ライスなら、カレエの味がすればそれで宜しい。しかし、このカレエ・ライスは美味い、不味いを超越して味が無いのだから恐れ入った。どうもこれは、食物の範疇に入らないのではないかと思われる。どんな具合に料理すると、こんなものが出来上るのか不思議である。

秋山君と冬木君が何を貰ったか忘れたが、カレエ・ライスよりは増しだったらしい。娘はサンドイッチを貰って来て、澄して摘んでいる。日本へ帰ったらこんなカレエ・ライスは決して味わえない、一口でいいから参考迄に試食して御覧、と三人に勧めたが誰も試みなかった。こんな経緯があって空腹だから、広い自動車道路から外れたどこかの町で夕食と云うのが希ましい。それはラグビイでもどこでも構わない。別に慾張ったことは考えない、ちゃんと味の附いたものならいい。

広い道を右へ折れて、それからまた左へ折れて、どのくらい走ったか忘れたがラグビイの町に入った。ラグビイがどんな町だったか、さっぱり憶えていない。白っぽい陽射の落ちた信号のある街角があって、一人の婆さんが跛の犬を連れて歩いていたことしか記憶に無い。その街角を過ぎて車を走らせて行くと、小さな町だから直ぐ町外れのような所に出る。秋山君が通行人に道を訊いたら、とんだ方角違と判って引返した。

引返して少し行って右へ折れると、熱心に外を見ていた秋山君が、

——どうも、この辺が学校のようなんですが……。

と云う。そう云われて見ると、静かな通に面して学校らしい建物が幾つも並んでいるが、学校かどうか判らない。何でもいいからその辺を歩いてみることにして、その少し先の樹立の多い横町に車を駐めてぶらぶら引返した。通の右手には広い芝生の運動場があって、向うの方でサッカアの練習をやっているのが見えるが、それがラグビイ校の生徒かどうか判らない。

ラグビイには古いラグビイ校があって、ラグビイ・フットボオル発祥の地とは承知しているが格別の関心は無い。だから、学校が判らなくても一向に差支えない、そう思って歩いている。冬木君や娘はどう思っているのか知らないが、万事は秋山君次第と決めているらしく、これものんびり歩いている。しかし、提案者の秋山君は飽く迄ラグビイ校を突止めなくては気が済ないらしい。立停ると振返ったり、あちこち見廻したりして、

——どうもこの通は人が歩いていませんね……。

と不服らしい顔をした。通行人がいないから、訊く訳にも行かないと云うのだろう。判らなければ判らないでいい、それよりも進行係としては夕食のことを考えて貰いたい、と希望するが秋山君は承服しない。折角ですから、もう少し探してみます、と先頭に立って歩いていたが、やっと誰か見附けたらしい。

——ちょっと訊いて来ます。

と云うと右手の露地に入って行った。

露地を覗込むと、樹立の緑のトンネルの突当りに庭があって、その庭に一見庭師のような男が立っていた。秋山君はその男と何か話を始めている。

——どうやらこれでラグビイに寄道した名目は立ちそうですね……。

冬木君は笑ってそう云った。歩道に立って待っていると、間も無く秋山君は露地の奥から出て来たが、先刻の男も一緒だから意外な気がした。腕捲りした襯衣姿に毛糸のチョッキを着た、五十過ぎらしい大きな男である。

——この方が案内して下さるそうです。

秋山君はそう云ったが、それだけでは何だか納得が行かない。大きな男は庭弄り用らしい手袋を脱って尻のポケットに突込んで、にこりともせずにわれわれに会釈した。その男が先に立って歩き出したから、何だかよく判らない儘に随いて行くと、男は別のポケットから鍵の束を取出して、それをがちゃがちゃ鳴らしながら、

——私はこの学校で地理を教えています。

と相変らずにこりともせずに云った。それを聞いてたいへん驚いた。庭師のような男と思って失礼したが、先生とは知らなかった。先生なら案内役として、これ以上の適任者は無い。それにしても、秋山君がやっと摑まえた相手がラグビイ校の先生だったとは、偶然

にせよ、何だか面白かった。お蔭で気が重かった学校見物が、余り気にならなくなったかもしれない。

往来を横切って、筋向いの建物の前迄行くと、地理の先生は鍵で扉を開いて、われわれが這入るとまた鍵を掛けた。這入って見ると、廊下があって教室の扉らしいのが並んでいる。授業は疾うに終ったから、森閑として誰もいない。この分では本格的に案内して呉れる心算らしいから、夕食はまだ先のことになりそうだと観念する。

先生は先ず自分の教室を見せて呉れた。

多分二階だったと思うが、かなり広い部屋で、教室だから机と腰掛が並んでいる。廊下に面した方に細長い机が並べてあって、その上に地理関係の教材が載せてある。その上の壁には地図とか印刷物が吊してあるが、そのなかに「日本の実情」と云う小冊子が何冊も下っていて、おやおやと思った。

秋山君がそれを見て、声を出してその英語の表題を読んだら、

——日本のことは、私は貴方がたに教えて貰わなくちゃなりません。

先生はそう云って、初めてちょっと笑った。后で判ったが、この先生は日本贔屓だったようである。進んでわれわれを案内して呉れたのも、そのためだったらしい。これも后で知ったが、この先生はベイツと云う名前だから、今后はベイツさんと呼ぶことにする。

——これ迄、日本人で訪ねて来た人がありますか？

と訊くと、三、四人訪ねて来たと云う返事であった。何でもその一人は東京の近くで全寮制の中学校だか高等学校を経営している人だと云って、ベイツさんは懐しそうな顔をした。その他の訪問者も、私立学校の校長とか経営者らしかった。そんな見学者なら、ちゃんと目的や抱負があって訪れた筈だから、相手をしたベイツさんも張合があったろうと思う。

しかし、このベイツ先生は、目的どころか何の予備知識も無くふらり立寄ったわれわれにも、叮嚀にいろいろ見せて説明して呉れたから恐縮する。案内者に較べると、案内される方は弥次馬の如きもので申訳無いが、これは行掛り上止むを得ない。尤もベイツさんが、われわれを弥次馬の如き者と思っていたかどうか、それは判らない。それに就いては、一体秋山君は最初にベイツさんに何と話を持掛けたのか、それが気になるが、ベイツさんを前にして秋山君にそんなことを訊くのは、日本語の判らないベイツさんに失礼に当る。

冬木君や娘も、それが気になっていたらしい。多分廊下を歩いていたときだと思うが、

——あたし達のこと、秋山さんはあの先生に何て話したのかしら?

と娘が低声で冬木君に云うと、冬木君は、

——日本の学校の先生だとでも話したんですよ。だから、そう云うことにして、先生らしい顔をしていましょう。

と、これも低声で答えていた。秋山君は当方と同じ学校に勤めているが、冬木君は秋山君の知合で、日本の或る大会社の社員である。会社から派遣されて、倫敦の大学で勉強しているのである。

地理の教室を手始めに、他の教室とか、読書室、図書室等いろいろ見せて貰ったが、正直のところ、よく憶えていない。憶えているのは、或る部屋に昔の古い机の上板が沢山保存されていたことである。その古机の板には、昔この学校に学んだ腕白共の夥しい落書が残っていた。落書と云っても、ナイフか何かで一面に丹念に彫り附けてあって、新しい机と替えるとき記念に残したものらしい。

面白がって見ていたらベイツさんが、

——そのなかには、有名な卒業生の名前もある筈だが、どこにあるのか私は探したことはありません。

と云った。

——今でもこんなことをやりますか？

冬木君が訊くと、ベイツさんは黙って首を横に振ったから、現在は行儀が宜しいのだろう。どんな落書があったか想い出せると良いが、残念ながら想い出せない。ラグビイ校が出来たのは十六世紀の中葉だそうである。そんな昔の落書はある筈も無いが、古い板を見ると百年、二百年昔の落書ではないかと思われる。それを見ていたら、ひょっこり、「トム・ブラウンの学校生活」と云う本を想い出した。恐らく、その頃の落書もそのなかにあるのではないかと云う気がする。

案内して貰って、あちこち一緒に歩いている裡に、ベイツさんは親切でよく気の附く人だと判った。先へ進もうとして、誰かが何かを見ているのに気附くと、見終る迄黙って待っている。或はその傍へ行って説明する。どこだったか広い所に這入って、少し歩き出してから、ベイツさんは入口の扉に鍵を掛け忘れたのに気附いたら、

――向うの扉から出るので、此方の扉に鍵を掛けて来ます。

と断って、戻って行って鍵を掛けて来た。此方は無論、ベイツさんがわれわれを置いてき堀にするとは考えない。しかし、ベイツさんの方ではそんな印象を与えないように気を遣ったらしくて、好い感じがした。ベイツさんは鍵を沢山持っているから、あちこちの扉を開ける度に鍵を探し出すのに苦労して、何しろ沢山あるので、と苦笑していた。鍵の束に鍵が幾つ附いていたか知らないが、沢山鍵を預っているベイツさんは、案外責任ある立場の人だったかもしれない。

暫く屋内を見て廻った后で、

――きっと貴方がたはこれに興味があるに違いない。この学校に、これだけを見に来る人もいます。

と云って、ベイツさんはわれわれを建物の外に連出した。少し歩くと芝生の美しい広い

運動場だか校庭があって、建物沿の煉瓦の塀にラグビイ・フットボオルの誕生を記念する石の板が嵌込んであった。この記念碑は前に写真で見たことがある。石の板には、一八二三年ウイリアム・ウェッブ・エリスなる生徒が蹴球をやっていて、ルウルを無視して球を持って走ったのがラグビイの始りである、と云う意味のことが書いてある。怪我の功名と云う訳だろう。ちょうど芝生の上には夕方の斜めの長い陽射が落ちていて、

——芝生が綺麗ね……。

と娘は芝生に感心していた。

その后、広い講堂やステンド・グラスの美しい礼拝堂を見せて貰って、学校見学の方は終になったと思う。確か講堂だったと思うが、壁に歴代校長の肖像画が架けてあった。その一つを指してベイツさんが、

——あれがトマス・アアノルド博士です。詩人のマシュウ・アアノルドの父です。

と説明したら、聞いていた秋山君が、

——ああ、知っています。

と云った。ベイツさんは、

——勿論、こんなことは御存知でしょう。私が云う迄も無く……。

と云ったから何だか可笑しかった。トマス・アアノルドの肖像を教えて呉れたのは、ラグビイ校を代表する名校長だったからだろう。

礼拝堂から出ると、元の通へ出た。秋山君が偶然ベイツ先生を摑まえた結果、思い掛けなくラグビイ校のなかを案内して貰った。寄道を提案した秋山君も、こんなことになるとは予想もしなかったろうと思う。通へ出たから、それで終だろうと思って、ベイツさんに改って礼を云ったら、見物が終ったと思ったのは此方の早合点だと判った。

ラグビイ校に生徒が何人いると云ったか、正確な数字は忘れたが、何でも六、七百人ぐらいいて、僅かの例外を除いて殆ど寮に入っている。寮が幾つとかあって、ベイツさん自身、六十人ばかりの生徒のいる寮の寮長だそうである。

——今度はその寮の方に案内します。

ベイツさんはそう云って歩き出したから、礼を述べるのは早過ぎたらしい。多分、ベイツさんの寮は、最初秋山君が入って行った露地の突当りにあった。ベイツさんは暇だったのかどうか知らないが、寮の庭で植木か花を弄っていて、秋山君に摑まったものと見える。順序は忘れたが、ベイツさんは寮のなかも叮嚀に案内して呉れた。学校の方には生徒は一人もいなかったが、寮には生徒がいる。

予習室とか云うかなり広い部屋があって、その部屋を覗いたら片隅で若い先生が七、八人の生徒を前に何か話していた。補習授業をやっていたらしい。ベイツさんを見て、若い先生が話を中止して立上ったら、ベイツさんは片手を挙げて、

——その儘で……。

と云う恰好をした。生徒は見たところ十三、四歳ぐらいで、みんな黙って此方を見てにこにこ笑っている。毛色の変った訪問者が来たと思って、面白がって見ていたのだろう。勉強室と云う部屋が幾つもあって、その一つをベイツさんが見せて呉れた。部屋は八畳ばかりの広さで、窓際に机があって、机に向って坐っていた三人の生徒がベイツさんを見ると急いで立上った。ベイツさんはノックらしいノックもせずに、その部屋の扉を開けた。突然扉が開くと、寮長先生が見知らぬ外国人を連れて這入って来たのだから、なかの三人の生徒は吃驚したかもしれない。

——勉強していたのかね？

——はい、先生。

——勉強中邪魔して悪いが、日本からお客さんが来たので見せて上げているのだ。

とベイツさんが云うと、三人の生徒はにこにこして、異口同音に、

——はい、先生。

と云う。これも十三、四歳ぐらいの男の子で、なかなか行儀が良い。真直ぐ立ってベイツさんの顔を見ている。その一人に、

——何の勉強をしていたの？

と訊くと、拉丁（ラテン）語ですと云った。秋山君が、拉丁語は難しいか？　と訊くと難しいと云って三人共笑っている。別の一人に冬木君が、どこから来たのか？　と訊いたら北の方の

町の名前を云った。もう一人は中部の町に家があると云ったと思う。寝室は別になっていて、この勉強部屋が三人の居室にもなっているらしい。三人の所持品らしいものが、何段にもなった棚に載せてあった。扉口の右手に仕切のカアテンも垂れていたが、そのなかは覗いて見なかったから知らない。

どうも有難う、と三人に礼を云ってその部屋を出たら、ベイツさんが、拉丁語ではみんな頭を痛める、私も経験があるが、と苦笑した。昔、「チップス先生さよなら」と云う本を読んだことがある。寮でベイツさんと生徒を見ていて、その本を想い出した。無論、ベイツ先生はチップス先生とは違うが、チップス先生同様ベイツさんは生徒にとっては良い先生なのだろう、何となくそんな気がした。

ベイツさんは広い寝室から、更衣室、風呂場迄案内して呉れた。寝室は広い部屋で、そこに鉄の二段ベッドが二列に長く並んでいる。風呂場には浴槽が幾つもあった。

——英国の生徒はシャワアは嫌いで殆ど使わないが、外国から来ている生徒はよく使うようです。理由はよく判らない……。

とベイツさんも不思議そうな顔をしていた。冬木君が、外国人もいるのですか？　と訊くと、三、四人いると云う。その一人は確かタイの生徒だったが、あとはどこから来たと云ったか憶えていない。秋山君が、この学校に日本人の生徒が在学したことは無いのか？　と訊いたらベイツさんはちょっと考えて、

――私の記憶している限りでは、日本の生徒はいなかったと思う。

と答えた。

それから、われわれは階下の庭に面したベイツさんの書斎に案内されて、そこで暫く話をした。書斎の壁には日本のものだと云う画が額に入って架っていた。ベイツさんの話を聞くと、何でも父親は海軍の軍医で香港に駐在していたのだそうである。香港にいるとき結婚して、新婚旅行で日本に行ってその画を買ったと云う。ベイツさんの生れる前だから、随分古い話である。

河が流れていて、河に小舟を浮べて投網している人がいる。岸辺には桜らしい花が満開で、竹林もある。家も一軒見えるが、これは水の中に柱を立ててその上に載っているから、何だか南方の家のようである。そんな図柄が絹地に絹糸で織込んである。名前があるから見ると「青木」と書いてある。青木だから、日本人だろう。

――日本のものでしょう?

ベイツさんは気になるらしく訊くから、日本のものだと思います、と答えたら安心したような顔をした。ベイツさんは子供の頃、両親から新婚旅行で訪れた日本の印象を聞いたのかもしれない。それが愉しい話だったので、子供の頃から日本に関心を持ったのかもしれない。それで地理の先生になったのかどうか、そこ迄考える必要は無い。画そのものは、恐らくその頃神戸か横浜の外国人向の店で売っていたものだろうと思う。その昔の画を大事に書斎に架けているベイツさんを見ると、好い感じがした。

書斎の壁にはこの他にも、花や鳥を描いた画の額が数点架っていた。秋山君が紙に「青木」と書いて、それに羅馬字を振って読方を教えたら、ベイツさんは他の画の方の名前も判ったら教えて欲しいと云う。花鳥の画の方には印が押してあるが、これがさっぱり判読出来ない。

——これもお父さんが買ったんですか？

——そうです。しかし、日本で買ったのか支那で買ったのか判らない。

見たところ、日本のものらしくない。昔、香港かどこかで買ったのではないかと思われる。残念ながらこの印は読めない、と云ったらベイツさんも残念そうな顔をした。

長居したから失礼しようと思うが、ベイツさんは、構いません、まあ、いいでしょう、と云う。その裡に鐘が鳴って、間も無く扉を敲く音がして扉が開くと、先生らしい男が遠慮勝ちに顔を出した。その男にベイツさんはちょいと点頭いてみせた。どうやら鐘は食事の合図で、寮生は全部食卓に着いたが寮長先生は現れない。それでは食事が始らないので迎えに来た。そんなことではないかと思う。

礼を云って立上ったら、今度はベイツさんも引止めなかった。玄関で握手して別れるとき、秋山君は、

——先刻は庭で手袋を穿めて何をしていたのですか？

と訊いた。庭にいたベイツさんを摑まえて話し掛けたときのことを、ひょっこり、想い出したらしい。握手して、手袋を想い出したのかどうか知らない。ベイツさんは面喰ったらしいが、質問の意味が判ると、

——薔薇の手入をしていたのです。

と云った。

ラグビイ校見物に意外に時間が掛ったので、夕食は最初に眼に附いた支那料理屋で簡単に済せたが、この店のトマトのポタアジュとプロオン入の焼飯はちゃんと味が附いていたから満足した。支那料理屋に這入ったのは偶然だが、這入ってからベイツさんの両親が香港にいたと云うのを想い出した。

——如何でしたか、ラグビイの印象は？

食事中、秋山君は一人一人にそんなことを訊いていた。進行係としては大いに鼻が高かったのだろう。事実秋山君のお蔭で此方も学校や寮を見物出来た。尤も、それは時間が経つにつれて次第に淡れて行くが、ベイツさんの記憶は一向に淡れない。逆に、はっきりして来るように思われる。

店を出たら九時少し前になっていたが、まだ明るい。駐車場迄歩いて車に乗込んだら、秋山君は腕時計を見て、

——ラグビイ出発は九時ちょうどです。

と云って手帖に時間を書入れた。

今年の正月、ベイツさんから来た絵端書には、今年は双方の国にとって難しい年になりそうですがお元気で、とあってその后に、皆さんの訪問を愉しく想い出します、と書いてあった。ベイツさんはいま頃、どうしているかしらん？

想い出すことなど

解説 佐々木 敦

短編集『藁屋根』は昭和五〇年（一九七五年）十月に河出書房新社より刊行された。この年、小沼丹は五七歳、それから二十一年後の平成八年（一九九六年）に小沼は亡くなる。享年七八。まだまだ先のことである。本作品中の白眉というべき「竹の会」のファーストシーンでもある、当時早稲田大学の学生だった小沼が書いた短編が谷崎精二教授の推薦によって「早稲田文学」に掲載されたのが昭和十六年（一九四一年）のことだから、この時点で作家デビューしてから三十余年が過ぎていた。

刊行時から遡って数年以内に書かれた八編が収録されているが、内容は大きく前半と後半に分かれている。まず「藁屋根」「眼鏡」「沈丁花」の〝大寺さんもの〟三編のあいだに谷崎精二との想い出を綴った「竹の会」を挟んだ四編が続き、あとの四編「キュウタイ」「ザンクト・アントン」「湖畔の町」「ラグビイの先生」は、前年刊行された『椋鳥日記』

で描かれた一九七二年のロンドン滞在のスピンアウト的な短編である。「私小説作家」などと呼ばれもする他の作家たちと同様、いや、小沼丹という作家の場合は特に、その作品がいつ書かれたのか、ということは極めて重要な意味を持つ。しかしそれは、小沼の小説においては、作家自身のその時々の実体験がほぼそのまま書かれているから、ではない。この否定はやや強く感じられるかもしれないが、私はいま、こう断言してしまっても構わないような気がしている。

　虚実という言葉がある。「私小説」は「実」すなわち「事実」に基づくものとされているが、その事実性が何によって担保され保証されているのかは必ずしも明確ではない。ある意味では、むしろ「私小説」を名乗る小説ほど巧みに嘘をつくことが出来るとさえ言える。それに当然ながら「私小説」の記述には常に記憶違いや勘違いといった変数が関与している可能性があり、その可能性を完全には排除出来ない、という点を無視して「私小説」を読むことは素朴という評言を免れない。

　このことは「実」の反対項とされる「虚」のことを考えてみればより明白になる。虚のあり方はひとつではない。虚偽＝嘘と虚構＝作り事は違うものだし、意図せざる虚も、意図というものが存在しない虚もある。そもそも「虚」と「実」の判定や線引き自体がすこぶる困難だったり、そういうことに意味がないことだってある。虚実綯い交ぜという言い方があるが、並のフィクションよりも「私小説」の方がよほどぐずぐずに綯い交ぜになっていると考えることも出来る。

こと小沼丹の場合、想い出すということ、回想という形式が、この問題をより前面化、複雑化させている。実際、小沼の小説の多くは、起こったことを書いたものというより、起こったことを想い出している小説である。もちろんあらゆる「私小説作家」は基本的に過去の何事かを想い出しながら書いているわけだが、小沼はむしろ「想い出すこと」そのものを書いている、書こうとしている、書いてしまっている、そんな節がある。

巻頭に置かれた表題作「藁屋根」の冒頭を引いてみよう。


その頃、大寺さんは大きな藁屋根の家に住んでいた。正確に云うと、郊外にある大きな藁屋根の家の二階を借りて住んでいた。大寺さんは結婚したばかりで、その二階が新居と云う訳であった。その二階の広さがどのくらいあったか、はっきり想い出せない。

（「藁屋根」）


小説「藁屋根」の発表は一九七二年一月、「大寺さん」こと小沼丹が実際に藁屋根の家に仮寓していたのは一九四三年のことである。実に三十年近い時間の隔たりがここにはある。「その二階の広さがどのくらいあったか、はっきり想い出せない」のも当然のことだろう。しかしそれにしては、はっきり想い出せないこと以外の「大寺さん」の記憶はむやみと鮮明である。それは結局のところ、これは「小説」なのだから、過去の出来事そのままであるわけではなく（そのようなことが可能であるはずもなく）、記憶を想像や憶測で補ったり色づけしたりした部分があるに違いない、ということではあるのだが、そればかりではなく、遠い遠い昔の風景や、それきり会うことのなかった人たちの言動を想い出すという作業をしていくうちに、その時まさにこの小説を書き進めている作者が、もともと自分の分身であるところの「大寺さん」として、というよりも新たに徐々に「大寺さん」に変身（！）していくようにして、ふと気づくと「藁屋根の家」に暮らした日々の只中に居てしまっている、といった感じなのだ。

しかしそれはもちろん、小沼丹が戦時中の或る時期、実際に過ごした日々そのものではない。現に在った過去の時間を再生することは不可能である。だがむろん単なる虚構とも違う。それはとても曖昧で宙吊りの、魅惑的な「小説の時間」なのである。

「藁屋根」のラストシーンは、時々「大寺さんもの」に出てくるシュールな光景で思わず虚を突かれるが、たとえどれほど荒唐無稽に思えようと、ああいうことが許されてしまうような独特の雰囲気が、いつのまにか生じている。それが「小説の時間」ということであり、そしてそれは「想い出す」という小説家の営みと試みの中から俄に立ち上がってくるものなのだと思う。

「藁屋根」の約三年後に書かれた「沈丁花」は時間的にも前作の続きである。冒頭で「藁屋根の家」に住んでいた頃の挿話が語られたのち、戦後に疎開先から同地に戻ってきて、今度は勤め先の学校内に居を構えることになった時期のことが綴られる（昔は銀行だったという広大な「藁屋根の家」といい、使用されていない学校の校舎といい、たとえ事実とはいえ普通の住居とは大きく異なる住まいの描写は極めて興味深い）。米軍中尉の「ケネディ君」とたびたびテニスをしたという想い出が、この小説のメインストーリー（？）である。

大寺さんはケネディ君といつ迄テニスをやったか憶えていない。学校が始ると何となく忙しくなって、余りやらなくなったと思う。その裡にケネディ君も帰国したから、日米対抗試合も終になった。大分后になって、米国に同じ名前の大統領が出て来たとき、大寺さんは悉皆忘れていたケネディ君を想い出して懐しい気がしたのを憶えているが、或はケネディ君が訪ねて来た当時を想い出して、多少の感慨があったかもしれない。

（「沈丁花」）

憶えていること、と、憶えていないこと。想い出すこと、と、想い出さない／想い出せないこと。

「眼鏡」では、想い出されている「時間」の内側で語り手の位置は細かく行きつ戻りつする。物語られるのは、十年ぐらい前（というのはこの小説の執筆時から巻き戻して、ということだろう）に乱視の眼鏡を拵えに行った際、行きつけだった酒場の「マダム」と偶然に会って会話を交わしたが、それからひと月ほどして同僚から彼女が自殺したことを知らされる。そこから「大寺さん」は「マダム」との交流を断片的に想い出していく。それらは当然、彼が彼女と結果として最後に会った時よりも以前のことである。「マダム」の身に起こったらしきことは「大寺さん」の見聞と認識からしか描かれないので仔細はよくわからないままだが、悲劇的と呼んで差し支えない類いのことである。

しかし小沼丹のことだから、それはけっしてドラマチックにはなり切らず、その微かな気配だけで小説は終わることになる。むしろそこで只管（ひたすら）になされているのは、やはり「想い出す」ということ、それそのものだ。小説の最後に「ロング・ロング・アゴオ」という唄を「マダム」が歌う場面がある。それは「マダムが店を止める前の年の暮」のことである。

暗い店で小さな歌声を聴いていると、何だかいろいろ忘れていることがぐるぐると動き出すようであった。マダムは遠い所を見るような顔で歌っていたが、その唄と共にマダムに何が甦ったのだろう？

（「眼鏡」）

想い出すことは、忘れていること、忘れてしまったことたちの在処を炙り出す。「大寺さん」が想い出している幾重にも折り込まれた時間の中で「マダム」が何かを想い出している。だが、彼女が想い出しているのが何であるのかは誰にも知れることはない。すると「忘れていることがぐるぐると動き出す」。ここに浮かび上がる感覚は確かに一種の郷愁、ノスタルジーと言えるが、過去を懐かしむ、というときの回帰への欲望のようなものは微塵も感じられない。むしろそこでは、想い出しているのが常に「いま」であること、想い出せないでいるのがいつもその都度の「現在」であることが、まるでふと想い出されるかのようにして何度となく持ち出され、意識化される。それはあたかも、放っておくとその内部へと潜り込み、その中に囚われていってしまいかねない「小説の時間」に抗う支点としての「現在」、すなわちその小説が書かれつつある時間が、波の満ち引きのようにして、何度も何度も戻ってくるかのようなのだ。

「竹の会」は、小沼丹にとって井伏鱒二と並ぶ長年の恩師であった谷崎精二が亡くなった一九七一年の末からわずか半年後に発表されたメモワールである。この小説は「大寺さんもの」ではなく（小沼丹における「大寺さんもの」とそれ以外の小説、更に言えば「小説」と「エッセイ」の線引きが如何にしてなされているのかは精査すべき問題だが、ごく端的に言って固有名が重要な意味を持っている内容だと同シリーズにはならないことが多い）、この後の作品からは次第に姿を消すことになる「僕」という一人称で書かれている。三十年にわたる谷崎と、その周囲の文士たちのさまざまなエピソードが、ほぼ時間軸に沿って語られる。大学内ではあくまでも厳格で生真面目な教授であったが、酒席となると人間味のある姿も見せた「谷崎さん」との、出会いから死別までが丁寧に綴られているという点で、この作品はまさに「回想（メモワール）」と呼ばれるにふさわしい名編である。

　しかし小沼丹らしいのは、「僕」が「谷崎さん」と最後に会ったときのことが語られたあと、小説の幕切れとして、恩師の死を知らされて谷崎宅へと向かう途中、駅の「プラットフォオム」の外れから見える短い路を行き過ぎる見知らぬ人々を、ぼんやりと、だが凝（じ）っと見ている描写が置かれていることだ。「短い路に姿を見せては直ぐに消えてしまう通行人が、此方のそのときの気分に似つかわしい感じがしたのはどう云う訳かと思う」。この奇妙な感慨は、小沼丹という作家にとって「想い出す」という行為／作業の持つ意味と、その本質をよく表していると思う。「姿を見せては直ぐに消えてしまう」さまを「谷崎さん」との三十年に比するのは一見不可解かもしれないが、このようないわば自在に（しかも勝手に？）伸縮する時間感覚が、小沼丹という小説家の特異性なのだ。

　後半の四編は、いずれもロンドン滞在時の出来事を題材としている。「キュウタイ」は「友人の吉岡がロンドンに遊びに来たので、二人で飛行機に乗ってミュンヘンにいる友人の浩三を訪ねたら、いい所へ案内してやると云うから随いて行くことにした。行先はチロ

1972 年、スタッフォードの町の中で　次女李花子と著者

湖水地方への旅の途中、ガラシールズのＢ＆Ｂで宿の子供達と

ルのキュウタイと云う所だそうである」と書き出しの二文であれよあれよという間に読者はオーストリアはチロルの田舎町に連れていかれる。八月末のことである。「ザンクト・アントン」はその続きで「浩三」と別れた二人は題名となった小町で安穏な休暇を過ごす。「チュウリヒ行の汽車」に乗っている場面で終わったと思ったら、次の「湖畔の町」の舞台は、案の定スイスのチューリッヒである。このように三編はひと続きの旅行の顚末を描いている。最後の「ラグビイの先生」はそれとはまた別の旅で、これは「三日ばかり車で湖水地方を廻って倫敦へ帰る途中、ラグビイと云う町に寄った」ときの話である。時間は前三編より巻き戻って五月中旬。一行は車の持ち主の「冬木君」と旅行の進行係である「秋山君」、語り手とその娘の四人で、彼らは物見遊山で立ち寄ったラグビイ校で偶然出会った、地理の教師をしている「ベイツさん」に校内を案内して貰う。日本への帰国後の「今年の正月」に「ベイツさん」から絵端書が届いたことが記されて小説は終わる。

これらの小説のもとになった体験は、すでに触れたように一九七二年の出来事だと思われる。小沼丹が帰国したのは同年の十月である。そして翌一九七三年の一月に早くも「湖畔の町」が発表され、その後、数ヵ月のうちに「キュウタイ」「ザンクト・アントン」も書かれている。「ラグビイの先生」だけは一九七四年十月、ロンドン滞在記『椋鳥日記』の単行本刊行後の発表である。従って同作の最後に「ベイツさん」からの絵端書が届く「今年の正月」は一九七四年一月のことだと考えられる。「ベイツさん」は絵端書に「皆さんの訪問を愉しく想い出します」と綴っていたが、それは約一年半前ということになる。

一九七二年五月の「ベイツさん」との出会いから、それが小説として発表されるまでは単純計算で二年と数ヵ月、「湖畔の町」は四ヵ月足らず、他二編も実体験から一年未満のあいだに書かれている。つまりこれらは前半の作品群と較べると、ぐっと近い過去を扱っている。だが、小説家がその時のことを「いま」想い出しながら書いていることには変わりはない。繰り返すが、それはあらゆる「私小説」と同じ絶対的な条件であるにもかかわらず、しかし明らかに違う。小沼丹にとっては、ある意味で「現在」以前はすべてが「過去」として等距離にあるかのようだ。もっと言えば時間的な距離というものがほとんど意味を成さないかのようだ。結局のところ想い出すことしか出来ないのだという諦めと歓びが、そこにはある。そのとき、想い出されている「小説の時間」は「現実の時間」に重なりつつ、だがもはや別個に存在しているのである。

「ラグビイの先生」の末尾近く、次のような一文がある。「尤も、それ（引用者註：ラグビイ校の学校や寮の記憶）は時間が経つにつれて次第に淡れて行くが、ベイツさんの記憶は一向に淡れない。逆に、はっきりして来るように思われる」。だがしかし、同作で読まれるラグビイ校訪問の模様は極めて明瞭なものである。けれども小説家はそれを書きながらすでに、やがて来る忘却と、その逆の、だがそれとは矛盾しない鮮明化を予感している。この作品が書かれるのが十年後、二十年後であることだってあり得た。それが私たちが現に読んだものと瓜二つであることも、まったく違うものになることもあり得た。想い出す、とは要するにそういうことなのだと、小沼丹は言っているように思われる。

年譜

小沼丹

一九一八年（大正七年）

九月九日、東京市下谷区下谷町（現台東区下谷）に、父小沼邁、母涙（自筆年譜では涙子）の長男として生まれる。本名は救。六つ下の妹（眞理枝）が一人。小沼家は祖父の代まで会津藩士。父は牧師で、セツルメントの館長を務めた。その姉の一人が「細竹」「小径」などに描かれる、田園調布に家があり逗子の別荘に住む伯母、もう一人が「影絵」などに描かれる、兵庫県の寺に嫁いだ伯母。母方の小林家は信州南佐久郡青沼村の名主の家柄。母には姉一人、妹一人、弟二人。弟の一人は地方新聞の記者をしている肥った宗三叔父、もう一人は野球チームを率いる小叔父で、ともに「千曲川二里」「童謡」などに描かれる。

一九二五年（大正一四年）　七歳

四月、南葛飾郡本田小学校に入学。翌年小学二年生にして山本寒竹に英語の個人教授を受け、後年「カンチク先生」におどけた筆致で描かれる。

一九三一年（昭和六年）　一三歳

四月、明治学院中学部に入学。その米人女性の英語教師ミス・ダニエルズが「汽船」に思い出深く描かれる。夏目漱石を愛読。仲間と句作に興じる。

一九三四年（昭和九年）　一六歳
七月、明治学院中学部文芸部発行の雑誌『白金の丘』六八号に「毛虫」を発表。
一九三五年（昭和一〇年）　一七歳
二月、『白金の丘』六九号に「尊き物」を発表。
一九三六年（昭和一一年）　一八歳
四月、同学院高等学部英文科に進学。この時期、井伏鱒二、チェホフ、フィリップを愛読。
一九三七年（昭和一二年）　一九歳
一二月、『白金文学』に「機関士」を発表。
一九三八年（昭和一三年）　二〇歳
秋に三鷹村牟礼の旧家浅見宅に下宿。「寓居あちこち」に深見権左衛門として描かれる。
一九三九年（昭和一四年）　二一歳
「千曲川二里」掲載の『白金文学』誌を井伏鱒二に寄贈。読後感を記した葉書を受け取ったのを機に訪問し、終生の師と仰ぐ（井伏の記憶ではこの年か翌年の一一月、小沼当人は翌年三月かとも）。
一九四〇年（昭和一五年）　二二歳
四月、早稲田大学文学部英文科入学。級友らと同人雑誌『胡桃』を創刊し、短篇「福楽寺」「海のある町町」を発表。二号で廃刊。筆名の「丹」は寄生虫学者で科学随筆に健筆を揮った親戚の小泉丹（まこと）を敬愛したところから。
一九四一年（昭和一六年）　二三歳
早大文学部の創作合評会で短篇「寓居あちこち」が谷崎精二教授に認められ、『早稲田文学』二月新人創作特集号に掲載される。
一九四二年（昭和一七年）　二四歳
旧作「千曲川二里」を推敲して『早稲田文学』一月号に掲載。同誌九月号に「遠出」を発表。一方、小林達夫、吉岡達夫らの同人雑誌『文学行動』に加わり、九月に「登仙譚」を発表。同月、早稲田大学を繰り上げ卒業。

一〇月、私立の盈進学園に勤務。一二月、「瘤」を『文学行動』に発表。

一九四三年（昭和一八年）二五歳
三月、勤務校の学園長の長女丸山和子と結婚、「藁屋根」の舞台になる武蔵野市関前の大きな藁屋根の家に住む。『早稲田文学』の同人となり、三月号に「一匹と二人」を発表。

一九四四年（昭和一九年）二六歳
一月、長女諄子が誕生。『早稲田文学』三月号に「柿」（「揺り椅子」原型）、六月号に「幸福な二人」、九月号に「文学への意志」を発表。空襲のため年末近くに妻子を一時千曲川沿いの母方の伯母の家に疎開させる。

一九四五年（昭和二〇年）二七歳
勤務校が空爆で倒壊し休校となるに及び、六月、信州更級郡八幡村の疎開先（妻の母方の叔母の嫁ぎ先）で妻子と合流、村の学校の臨時教員となり、同地で終戦を迎える。この間の生活は後年の「古い編上靴」などに詳しく描かれる。一〇月に東京に戻り、しばらく妻の実家丸山家に寄寓。英語の会話力を買われ、一一月よりＧＨＱに勤務。『早稲田文学』一二月号に「時雨」を発表。

一九四六年（昭和二一年）二八歳
五月、盈進学園に復帰。約二年間、旧中島飛行機工場の工員寮を改造した校舎に住む。この間の米軍中尉との交流などが後年の「沈丁花」などに描かれる。六月、次女李花子が誕生。七月より同工場系富士産業の渉外顧問を兼務。この時期の生活は後年の「更紗の絵」に描かれる。同月に随筆「将棋」、九月に「麦秋」を『早稲田文学』に発表。一二月に同誌の文芸時評を担当。

一九四七年（昭和二二年）二九歳
一月、「剽盗と横笛」を『月刊読売』に発表。谷崎精二の勧めで四月、第一早稲田高等学院に勤務。八月、「白き機影の幻想」（「白い機影」原型）を『文学行動』に発表。九月、「先立ちし人」を『早稲田文学』に発表。

一九四八年（昭和二三年）　三〇歳

一月に「秋のゐる広場」（「黄ばんだ風景」原型）、二月に評論「粧へる近代」と短文「暗冥片々録」、五月に「鳥打帽の男」を『文学行動』に発表。六月、R・L・スチヴンスン「一夜の宿」「ギタア異聞」を翻訳（谷崎精二訳『ジイキル博士とハイド氏』所収）。七月、太宰治の追悼文「『晩年』の作者」を『文学行動』に、「細竹」（「小径」原型）を『早稲田文学』に発表。一一月、「M夫人の微笑」を『文学者』に発表。

一九四九年（昭和二四年）　三一歳

第一高等学院の解消に伴って理工学部に転属し、専任講師となる。一月に「紅い花」、二月に「ニコデモ」、三月に「地蔵の首」、五月に「バルセロナの書盗」を『文学行動』に発表。同月、W・V・ナルヴィグ『鉄のカーテンの裏』を藤井継男と共訳で読売新聞社から刊行。七月、「ガブリエル・デンベイ」を『歴史小説』に発表。八月、武蔵野市関前四二〇番地（終生住み続ける八幡町の家の前身）に住み始める。同月、「ミス・ダニエルズの追想」（「汽船」の原型）を『文学行動』に発表。

一九五〇年（昭和二五年）　三二歳

一月、「忘れられた人」（「童謡」関連作品）を『文学行動』に、「ペテルブルグの漂民」を『小説と読物』に発表。胸部疾患を得て約一年間療養生活に入る。一一月、卒業論文で扱った作家R・L・スチヴンスン『旅は驢馬をつれて』の訳書を家城書房から刊行。

一九五一年（昭和二六年）　三三歳

二月、「瘤」を『文學界』に発表。三月、スイフトの『ガリヴァ旅行記』を子供向けに書いて小峰書店から刊行。四月に「スタンバアグ夫妻」、五月に「オルダス・ハックスリイ」をいずれも『文学者』に発表。八月、「早春」を『早稲田文学』復刊第一号に発表。一〇月、井伏鱒二らと埼玉県岡部町針ヶ谷の弘光寺を訪ね、出迎えた消防自動車に乗る。

一九五二年（昭和二七年）　三四歳

一月、「登仙譚」を『人物往来』に再録。四月、助教授に昇格。七月、井伏・吉岡達夫らと甲州波高島に遊ぶ。同月、「珍本」を『週刊サンケイ』に発表。一一月、「カラカサ異聞」を『リベラル』に発表。

一九五三年（昭和二八年）　三五歳

二月、「犬と娘さん」を『新婦人』に、「秘めたる微笑」（「M夫人の微笑」の再録）を『読物』に発表。三月、『ロビンソン・クルーソー』を子供向けに翻案し、つる書房から刊行。一〇月、甲州御坂峠の太宰治文学碑の建碑式に出席。一一月、井伏らと熱海に志賀直哉を訪ね、双柿舎に一泊。同月、「白鳥氏の原稿」を『早稲田文学』に発表。一二月、「地蔵さんの首」を『週刊サンケイ』に発表。この年、庄野潤三の上京により親交始まる。

一九五四年（昭和二九年）　三六歳

一月に「村のエトランジェ」、六月に「汽船」を『文藝』に発表。七月、井伏らと甲府、下部温泉に遊ぶ。九月、井伏・吉岡と林房雄を訪ねる。一〇月、「白い機影」を『群像』に、「紅い花」を『文學界』に、「白孔雀のゐるホテル」を『文藝』に発表。一一月、「浄徳寺さんの車」を『三田文学』に発表。同月、最初の作品集『村のエトランジェ』をみすず書房から刊行。この年度の早大の英語受講生に三浦哲郎。

一九五五年（昭和三〇年）　三七歳

一月、随筆「将棋漫語」を『将棋世界』に、「小さい犬」を産経新聞に発表。四月、「黄ばんだ風景」を『文學界』に発表。五月、「帽子」を『文藝』に、「ねんぶつ異聞」を『新潮』に発表。六月に「エヂプトの涙壺」を『知性』に発表。八月に「気鬱な旅行」を『文藝』に発表。九月に「麦刈りの頃」（旧作「麦秋」の発展版）を『文學界』に発表。一〇月に「女雛」を『別冊文藝春秋』に発表。同月、河出新書の一冊として作品集『白孔雀のいるホテル』を刊行。

一九五六年（昭和三一年）　三八歳

二月、「テンポオ翰林院」（のちの「昔の仲間」と一部関連）を『文藝』に、随筆「猿」を『三田文学』に発表。四月、井伏・伊馬春部・横田瑞穂らと東北を旅行。同月より半年、『中学生活』に「青の季節」を連載。六月、「不思議なソオダ水」を『オール小説』に、「コンスタンチノオプルの蚤」を『世界』に、「断崖」を『文學界』に発表。七月に「乾杯」を『小説公園』に発表。八月に「砂丘」を『文藝』に発表。一〇月、大船の松竹撮影所で井伏原作「集金旅行」の撮影風景を見物。同月、「二人の男」を『オール読物』に、「ゴンゾオ叔父」を『群像』に発表。一一月、「赤い帽子」を『文藝春秋』に発表。一二月、「遠い顔」を『新女苑』に発表。

一九五七年（昭和三二年）　三九歳

一月、「マダムの階段」を『小説公園』に発表。四月、文学部に転属。同月、「カンチク先生」を『文學界』に発表、『新婦人』に一年間の短篇連載（「指輪」「眼鏡」「黒いハンカチ」「蛇」「十二号」「靴」「スクエア・ダンス」「赤い自転車」「手袋」）を開始。五月、「喧嘩」を日本経済新聞に、「型録漫録」を『不死鳥通信』に発表。七月、「焼餅やきの幽霊」を『オール読物』に発表。一一月、随筆「マス丸に乗らざるの記」を東京新聞に発表。一二月、「アメリカから来た男」を『小説公園』に発表。

一九五八年（昭和三三年）　四〇歳

三月、『新婦人』連載中の短篇（「シルク・ハット」「時計」「犬」）が完結。同月、江戸川乱歩の勧めで「クレオパトラの涙」を『宝石』に発表。四月、教授に昇格。同月、「手紙の男」を『別冊小説公園』に発表。五月、「長距離電話」を『風報』に発表。六月、「古い画の家」を『宝石』に発表。八月、『新婦人』に連載した素人探偵ものを『黒いハンカチ』と題して三笠書房から刊行。この頃体調不良、疲労感大。一一月、『高校時代』に「モヤシ君殊勲ノート」の連載を開始し、「〝青い鳥を見ますか〟」「望遠鏡」を発表。

一九五九年（昭和三四年）　四一歳

『高校時代』に「赤色の崖」「青いシャツの死体」「街路樹の下の男」を発表して三月に連載を終える。同月、林語堂の『則天武后』の訳書をみすず書房から刊行。同月、随筆「小さな手袋」を産経新聞に発表。四月に「リヤン王の明察」を『宝石』に発表。五月より一二月まで「不思議なシマ氏」を『プリンス』に連載。八月に天狗太郎こと山本亨介と蓼科・上諏訪・小諸・追分を訪ねる。同月、「名画祭」を『宝石』に、「不可侵条約」を『オール讀物』に発表。一〇月、『ロシア文学全集』に「母なるロシア」を寄せる。一一月、随筆「胡桃」を東京新聞に発表。

一九六〇年（昭和三五年）　四二歳

一月、「ミチザネ東京に行く」を『宝石』に、「ドン・アロンゾの奇禍」を『オール読物』に発表。三月、「テレビについて」を『風報』に発表。四月、井伏らと弘光寺を再訪、長瀞に遊ぶ。五月に「奇妙な監視人」を『オール讀物』に発表。六月に随筆「南禅寺前」を産経新聞に発表。七月に「珍木」を『小説中央公論』に発表。八月、井伏らと熱海・伊東に遊ぶ。九月、「白河にて」を『文學界』に、「王様」を『宝石』に発表。

一九六一年（昭和三六年）　四三歳
三月、「三浦君のこと」を『新潮』に発表。四月、『高校コース』に「女生徒」を発表。同月より、『中学時代』に「春風コンビお手柄帳」として「消えた時計」「消えた猫」「指輪」「逃げたドロボウ」「表札」と短篇を連載。六月、「地蔵さん」を東京新聞に発表。七月、「木犀」を『オール読物』に、「随筆井伏鱒二」を産経新聞（四回分載）に発表。八月、「雀の話」を『新潮』に発表。九月、地方新聞七紙にユーモア青春小説「風光る丘」を連載開始。一〇月、「古い地図」を『人物往来』に発表。この頃、自宅の別棟の新築に着工。
一九六二年（昭和三七年）　四四歳
二月、『囲碁クラブ』に坂田栄男本因坊の指導碁の小沼初段の記事が棋譜入りで掲載。同誌三月号に随筆「横好きの弁」を発表。五月、「風光る丘」が二五〇回で完結。七月、随筆「三鷹台附近」を東京新聞に発表。一一月、井伏らと弘光寺再訪。
一九六三年（昭和三八年）　四五歳
一月、「谷間」を『文芸朝日』に、三月、「タロオのこと」を『潮』に発表。四月末に妻和子急死。夏、娘二人を連れて信濃追分に遊ぶ。七月、「のんびりした話」を『日本百店』に、「外来者」を東京新聞に発表。九月、妻の死に関する随筆「喪章のついた感想」を『婦人生活』に、一〇月、「髭」を『歴史読本』に発表。一一月、「カミニト・アデイオス」を『小説中央公論』に発表。
一九六四年（昭和三九年）　四六歳
一月、庄野潤三と熱海に玉井乾介を訪ねる。同月下旬、母涙死去。相次ぐ近親者の死に遭ってか、頭でつくりあげる小説に興味を失い、身辺に材をとった作品に気持ちが動くようになって、五月、大寺さんものの第一作「黒と白の猫」を『世界』に発表。七月、吉岡達夫らと関西をドライヴ旅行。九月、その自動車旅行のことを「海辺の宿」と題する随筆に書き、『温泉』に発表。一二月、「花束」を『潮』に、「神戸にて」を『早稲田公論』に、「片片草」を早大の『英文学』に、「寒竹」を『青洲』に、「トト」を東京新聞に、それぞれ随筆を発表。

一九六五年（昭和四〇年）　四七歳

一月、テレビで井伏鱒二と対談。二月、感想「雑感」を筑摩書房の『芥川龍之介全集』7の月報に発表。三月、「自動車旅行」を『文學界』に発表。六月、随筆「つくしんぼ」を『風景』に発表。七月、大寺さんもの第二作「揺り椅子」（旧作「柿」を大幅改稿）を『日本』に発表。同月、随筆「断片」を筑摩書房の『井伏鱒二全集』12の月報に発表。一二月、NHKのFM放送で河盛好蔵・臼井吉見と座談会。

一九六六年（昭和四一年）　四八歳

五月、大寺さんもの第三作「タロオ」を『風景』に発表。同月、父邁死去。六月、井伏家の将棋会（北杜夫・三浦哲郎らも参加）で全勝優勝。七月中旬より家の改築工事。同月末、虎の門病院に横田瑞穂を見舞い、「蟬の脱殻」中の逸話、老人の入院患者たちの生態を知る。一一月、大寺さんもの第四作「蟬の脱殻」を『文學界』に発表。一二月、「影絵」を『群像』に発表。同月、知人の紹介で九州の諫山家の五女純子と再婚。

一九六七年（昭和四二年）　四九歳

三月、「井伏さんと将棋」を執筆して河出書房新社版「日本文学全集」19『井伏鱒二集』の栞に掲載。四月、「チェホフの葬式」を『文學界』に発表。五月、集英社版「日本文学全集」41『井伏鱒二集』に解説を掲載。七月、「更紗の絵」を『解脱』に連載開始。八月、小諸懐古園を訪ね、信濃追分から石尊山に登る。九月、大寺さんもの第五作「古い編上靴」を『群像』に発表。同月、長女諄子が村木益雄と結婚。一一月、「マロニエの葉」を『随筆サンケイ』に、「むべ」を『早稲田弘報』に、「大先輩」を東京新聞に発表。一二月、井伏宅で将棋の対戦中に近所の大山康晴名人がふらりと観戦に現れる（随筆「将棋の話」などに出る一景）。

一九六八年（昭和四三年）　五〇歳

二月、吉岡らと東北を自動車で周遊。四月、「ゲーテの花うらなひ」を『新評』に発表。六月、「懐中時計」を『群像』に発表、青春ユーモア長篇『風光る丘』を集団形星から刊行。一〇月、「木山さんのこと」を『群像』に発表し、「初太郎漂流譚」を『学園新聞』に連載開始。一一月、「ギリシヤの皿」を『群像』に発表。一二月、「更紗の絵」が一八回で完結。

一九六九年（昭和四四年）　五一歳

一月末、谷崎精二の所望で井伏が揮毫する催しが小沼宅で実現。「谷崎精二之墓」と書くのを当人が黙って見ていたと随筆「お墓の字」にある。三月、「初太郎漂流譚」が一五回で完結。四月、「猫柳」（旧作「早春」の改稿版）を『婦人之友』に発表。同月、『懐中時計』を講談社から刊行。六月、「山のある風景」を『群像』に、随筆「竹帛会」を産経新聞に発表。八月下旬、随筆「蒸気機関車」の素材となる汽車のレコードを買う。九月初旬、明治村を訪ね、その感想を記した「明治村」を一二月に『公研』に発表。同じく一二月、「小径」を『群像』に発表。同月末、庭に地蔵（随筆「地蔵」に知り合いの画家に貰ったとある）を安置。

一九七〇年（昭和四五年）　五二歳

二月、『懐中時計』で読売文学賞を受賞。四月、随筆「登高」を『風景』に発表。五月、随筆「夾竹桃」を『旅』に、「禁烟について」を読売新聞に発表。六月、「右か左か」

を『新評』に発表。八月、「昔の仲間」を『群像』に発表。九月、大寺さんもの第六作「眼鏡」を『文藝』に発表。一〇月、『不思議なソオダ水』を三笠書房から刊行。

一九七一年（昭和四六年）　五三歳

一月、「落葉」を『婦人之友』に、「西条さんの講義」を『早稲田文学』に発表。二月、大寺さんもの第七作「銀色の鈴」を『群像』に発表。四月中旬、二階増築工事始まる。五月、『銀色の鈴』を講談社から刊行。六月、『汽船』を青娥書房から刊行。七月、講談社文庫の井伏鱒二『山椒魚・本日休診』および庄野潤三『夕べの雲』に解説を発表。一〇月、「花束」を『群像』に、随筆「消えてゆく小径」を読売新聞に発表。秋、住まいを改築し、終の住処の形となる。一二月、谷崎精二死去（のちの「竹の会」のラストシーンとなる）。

一九七二年（昭和四七年）　五四歳

一月、大寺さんもの第八作「藁屋根」を『文藝』に、随筆「お墓の字」を『早稲田学報』に発表。二月、随筆「四十雀」を東京新聞に発表。四月、早稲田大学の在外研究員としてイギリスに渡り、約半年間、次女李花子とともにロンドンに滞在し、エディンバラ・ミュンヘン・チロル・パリなどを訪ねる。六月、「竹の会」を『群像』に発表。同月、『更紗の絵』をあすなろ社から限定本として刊行。一〇月に帰国。

一九七三年（昭和四八年）　五五歳

一月に「湖畔の町」を『群像』に、随筆「倫敦のバス」を産経新聞に発表。五月、「床屋の話」を『週刊朝日』に発表。六月、「キュウタイ」を『婦人之友』に発表。七月に「ザンクト・アントン」を『早稲田文学』に発表。九月に「好きな画」を『トップアート』に、随筆「山鳩」を『海』に発表。一一月に随筆「お祖父さんの時計」を『室内』に発表。この年の秋に糖尿病の検査で反応あり、飲酒をウイスキーに変更。サトウ・ハチローの訃報に接し、『僕の東京地図』に興じた中学時代を懐かしむ。
一九七四年（昭和四九年）　五六歳
一月、「童謡」を『群像』に発表。二月、『近代文学辞典』に「ラムとイギリス文学」を寄せる。四月、講談社の『庄野潤三全集』10の月報に「庄野のこと」を発表。同月にロンドン滞在記「椋鳥日記」を『文藝』に発表し、六月に単行本『椋鳥日記』として河出書房新社から刊行。同月、次女李花子が川中子弘と結婚。一〇月に「ラグビイの先生」を『群像』に、「コタロオとコヂロオ」を『婦人之友』に発表。一二月に随筆「或る友人」を『海』に、「王冠泥棒」を『高校時代』に発表。

一九七五年（昭和五〇年）　五七歳
一月、「脱獄の天才」を『高校時代』に、随筆「間違電話」を『公研』に発表。二月、「優雅な追剝」を『高校時代』に、随筆「老人」を毎日新聞に発表。三月に大寺さんもの第九作「沈丁花」を『文藝』に発表。五月、『椋鳥日記』で平林たい子賞を受賞。八月、「アダムの日本語」を『文藝』に、「雨の夜」を『群像』に発表。九月に「山のある町」を『明日之友』に、随筆「リトル・リイグ」を『群像』に発表。一〇月に「胡桃」を『群像』に発表。同月、『藁屋根』を河出書房新社から刊行。一一月に大寺さんもの第一〇作「入院」を『風景』に、随筆「蒸気機関車」を『文藝春秋』に、「後家横丁」を『群像』に発表。一二月、弘光寺を訪ね、和尚の紹介で名人の工房から埴輪の馬を買い持ち帰る。

一九七六年（昭和五一年）　五八歳
三月、「埴輪の馬」を『文藝』に発表。同月、出雲の石の木菟燈籠を沙羅の木の隣に据える。四月、最初の随筆集『小さな手袋』を小澤書店から刊行。五月、「『一番』」を『群像』に発表。六月に随筆「マリア像」を産経新聞に発表。七月、随筆「文鳥」を赤旗に発表。八月、「仙人」を『文藝』に、「鰻の化物」を『今週の日本』に発表。一〇月、「木菟燈籠」を『群像』に発表。

一九七七年（昭和五二年）　五九歳

一月に「枯葉」を『文藝』に、随筆「サイモンの碁」を『別冊文藝春秋』に発表。二月に「湖水周遊」を『昴』に発表。三月に随筆「狆の二日酔い」を読売新聞に発表。五月、井伏と生田の庄野家を訪問。同月、庄野英二・潤三の依頼で帝塚山学院で講演。七月に「ドビン嬢」を『群像』に発表。八月に大寺さんもの第一一作「鳥打帽」を『海』に発表。九月に「エッグ・カップ」を『文藝』に発表。一〇月に「槿花」を『群像』に発表。一一月、学研版「世界文学全集」9『ディケンズ集』に「ディケンズと私」を発表。

一九七八年（昭和五三年）　六〇歳

一月に「四十雀」を『群像』に発表。二月に随筆「蝙蝠傘」を『文藝』に発表。三月に随筆「落し物」を読売新聞に発表。四月、「筑摩現代文学大系」60『田畑修一郎・木山捷平・小沼丹集』刊行。同月、随筆「散歩路」を『婦人之友』に発表。五月、「柚子の花」を『群像』に、「臨時列車」を『海』に、随筆「お玉杓子」を朝日新聞に発表。六月、『木菟燈籠』を講談社から刊行。同月、随筆「古い唄」を『文芸展望』に、「アテネの時計」を『文体』に発表。八月に「沙羅の花」を『文藝』に発表。一〇月に「鶺鴒」を『群像』に発表。一一月に「鯉」を東京新聞に、「クオレ」の感想を日本経済新聞に、一二月に「道標」を『新潮』に、「珈琲挽き」を『公研』に、それぞれ随筆を発表。同月に「凌霄花」を『昴』に発表。

一九七九年（昭和五四年）　六一歳

一月、「粉雪」を『群像』に発表。四月、「風」を『文藝』に発表。五月、随筆「古本市の本」を『文學界』に、「デフォーと私」を学研版「世界文学全集」8『スウィフト・デフォー集』に発表。七月に「帽子の話」を朝日新聞に、「夏蜜柑の花」を日本経済新聞に、それぞれ随筆を発表。同月より半年間『俳句』に「コップ敷」「ぴぴ二世」などの随筆を連載。八月、オー・ヘンリ「賢者の贈物」「最後の一葉」を翻訳。九月、随筆「碁敵」を『文藝』に発表。一二月に『小沼丹作品集』全五巻を小澤書店から刊行開始。

一九八〇年（昭和五五年）　六二歳

一月に「坂の途中の店」を『群像』に、随筆「老后の愉しみ」を『蘭』に発表。二月、「標識燈」を『オール讀物』に発表。五月に「山鳩」を『文藝』に、七月に「煙」を『群像』に発表。八月、随筆「冷房装置」を産経新聞に発表。九月、『小沼丹作品集』完結、『山鳩』を河出書房新社から刊行。同月、「幽霊の話」を『文學界』に、「異国にいる友人」を産経新聞に発表。一〇月に「秋風」を東京新聞に、「女子学生」「かんかん帽」「酒友」「清水町先生」を産経新聞に発表。一一月、随筆「遠い人」を『オール讀物』に、「追憶」を『群像』に発表。

一九八一年（昭和五六年）　六三歳

一月、随筆「釣竿」を『文藝春秋』に発表。三月、大寺さんものの最後となった第一二作「ゴムの木」を『新潮』に、随筆「梅と蝦蟇」を読売新聞に発表。四月、随筆「さくら」を『俳句とエッセイ』に発表。五月、随筆「レモンの木」を朝日新聞に発表。六月、「十三日の金曜日」を『海』に発表。九月、随筆「虫の声」を東京新聞に発表。一〇月、妻同伴で庄野夫妻と伊良湖岬を訪ねる。

一九八二年（昭和五七年）　六四歳

一月に「連翹」を『文藝』に、随筆「紫式

部」を『オール讀物』に、「幻の球場」を『早稲田文学』に発表。二月に「大きな鞄」を『文學界』に発表。五月に「翡翠（とり）」を『海燕』に発表。七月、随筆「珈琲の木」を日本経済新聞に発表。一〇月、庄野夫妻と伊良湖岬再訪。一一月、「散歩路の犬」を『文學界』に発表。一二月上旬、吉岡と石和温泉の旅館「糸柳」に井伏を見舞う。

一九八三年（昭和五八年）　六五歳

四月下旬、井伏・吉岡・安岡章太郎・飯田龍太らと小淵沢で下車し、清春芸術村を訪問、清春白樺美術館見学。五月、筑摩書房の「講座日本語の表現」5『日本語のレトリック』（中村明編）の〈とびらエッセイ〉「楽屋裏」を発表。八月、信濃追分の室淳介の山小屋を訪ねる途中に道に迷い、偶然吉野大夫の墓（後藤明生『吉野大夫』参照）を発見。一一月、随筆「人違い」を『海』に発表。

一九八四年（昭和五九年）　六六歳

一月、「夕焼空」を『海燕』に発表。四月、庄野潤三『陽気なクラウン・オフィス・ロウ』の書評を「文人ラムをしのぶ楽しい紀行」として『朝日ジャーナル』に発表。六月下旬、二階を改築。八月、随筆「鴨の花見」を朝日新聞に発表。一一月、『緑色のバス』（所収の短篇「片栗の花」はこの年九月の書き下ろし）を構想社から刊行。一二月、随筆「将棋の話」を『早稲田文学』に、随筆「福寿草」を東京新聞に発表。年末に糖尿病による心筋梗塞のため武蔵野市の西窪病院に入院。

一九八五年（昭和六〇年）　六七歳

引き続き約半年間、療養生活を送る。正月二日に吉岡が見舞にプリンを持参、その晩奇妙な夢を見る（翌年の小説「トルストイとプリン」の素材）。一二月、梶ヶ谷の虎の門病院分院に庄野を見舞う。

一九八六年（昭和六一年）　六八歳

一月、随筆「目白の夫婦」を共同通信から山陽新聞などに掲載。二月、「トルストイとプリン」を『海燕』に、随筆「出羽嶽」を『文學界』に発表。四月、随筆「小山さんの端書」を『群像』に、「風韻」を新潮社版『井伏鱒二自選全集』7の月報に発表。九月、最後の新作創作集『埴輪の馬』を講談社から刊行。一二月、随筆「焚火の中の顔」を読売新聞に発表。

一九八七年（昭和六二年）　六九歳

一月に「長沢先生」を『文學界』に、五月に「松本先生」を『群像』に、七月に「日夏先生」を『學鐙』に発表するなど、恩師等の思い出を綴った随筆を数篇発表。一〇月、随筆「想い出すまま」を新潮社版『三浦哲郎自選全集』2の月報に発表。この頃より左眼の具合芳しからず。

一九八八年（昭和六三年）　七〇歳

二月に朝日新聞に「蕗の薹」、三月に『群像』に「侘助の花」、五月に『海燕』に「古いランプ」、七月に『文學界』に「窓」、『群像』一〇月号の「辛夷」、一一月号の「赤蜻蛉」、一二月号の「丘の墓地」など随筆の発表が続く。

一九八九年（昭和六四年・平成元年）　七一歳

一月、「千切れ雲」を『海燕』に発表。三月下旬、散歩の途中で玉川上水に注いだ水が赤い風船を先頭に押し寄せる光景を目撃（小説「水」の素材）。三月末、早稲田大学を定年退職し、名誉教授となる。一〇月に「右と左」を『海燕』に発表。一一月、この頃、左眼の視力悪化。散歩の途中で見かけた驢馬と山羊が幼稚園のものと知る（小説「水」の一場面）。日本芸術院会員となる。一二月、「庭先」を『文學界』に、「御坂峠」を『ちくま』に、それぞれ随筆を発表。

一九九〇年（平成二年）　七二歳

一月、随筆「夢の話」を『群像』に発表。二月、随筆「栗の木」を早大『英文学』に発表。六月、「水」を『海燕』に、随筆「郭公とアンテナ」を読売新聞に発表。七月、井伏鱒二『厄除け詩集』の歴代の刊本を振り返った一文を『新潮』に発表。同月、朝日新聞の「自作再見」欄に「懐中時計」に関する一文を寄せる。一〇月、随筆「将棋盤」を『正論』に発表。一二月頃より約一ヵ月、糖尿病の影響で体調を崩し、西窪病院で入院生活を送るも年末に退院。

一九九一年（平成三年）　七三歳

九月、文芸文庫版『懐中時計』を講談社から刊行。一一月、『早稲田文学』創刊百周年記念特別号に旧作「先立ちし人」再録。一二月、亡友玉井乾介の思い出を綴る一文が朝日新聞に「想い出は尽きぬ　異郷からの手紙」の見出しで掲載（後に「筆まめな男」の題で随筆集『珈琲挽き』に収録）。

一九九二年（平成四年）　七四歳

一月、「軽鴨」を『海燕』に発表、これが最後の小説となる。同月、随筆「散歩路」を『群像』に発表。三月、井伏鱒二にまつわる随筆類を一本にまとめ、『清水町先生』として筑摩書房から刊行。春分の日、同書を献呈するために井伏宅を訪れるも鱒二うなずくのみで一言も発せず。七月、車で次女の嫁ぎ先の国府津を訪ね、箱根・熱海を周遊。一二月、井伏・庄野らとよく通った新宿の店くろがねで酒宴。これが最後の忘年会となる。

一九九三年（平成五年）　七五歳

四月、随筆「かたかごの花」を京都新聞に発表。七月、井伏鱒二が東京衛生病院にて死去、隣接する天沼教会での密葬に参列。九月、井伏鱒二の思い出を綴った「五十五年」を『群像』に、「横町の井伏さん」を『文藝春秋』に発表。同月、井伏を偲ぶ庄野との対談が『新潮』に「思い出すままに」として掲載。一二月、随筆「セザンヌの記憶」を『正論』に発表。同月下旬、体調を崩して西窪病院に入院し、年末に退院。

一九九四年（平成六年）　七六歳

一月に第二随筆集『珈琲挽き』をみすず書房から刊行、五月にリーガロイヤルホテル早稲田で出版記念会を開催。三月に「東北の旅」を『芸術新潮』、四月に「四十雀の記憶」を『清春』に、それぞれ井伏鱒二追憶の随筆を発表。この頃より右眼の具合も芳しからず。七月、文芸文庫版『小さな手袋』を講談社から刊行。

一九九五年（平成七年）　七七歳

一月、随筆「消えた飛行機」を朝日新聞に発表。六月に「かんかん帽」を『ノーサイド』に発表。これが最後の随筆となる。秋に慈恵医大附属病院で両眼を手術。一〇月、糖尿病から来る多発性脳梗塞で西窪病院に入院。

一九九六年（平成八年）　七八歳

一月、清瀬のベトレヘムの園病院に転院。一一月八日一二時一〇分、肺炎のため死去。

〔後記〕　入院中に大学ノートに描き続けた絵が翌年九月に次女の川中子李花子編の私家版『馬画帖』として刊行された。書名どおり馬の絵が多く、埴輪の馬へのこだわりとも符合する。画家志望だった牧師の父も「優しい目の馬」を描いて子供たちに見せていたと同書にある。午年生まれ（うまどし）というだけでは済まされない何かが感じられる。

（中村　明・編）

著書目録

小沼 丹

【単行本】

村のエトランジェ　昭29・11　みすず書房
白孔雀のいるホテル　昭30・10　河出書房
黒いハンカチ　昭33・8　三笠書房
風光る丘　昭43・6　集団形星
懐中時計　昭44・4　講談社
不思議なソオダ水　昭45・10　三笠書房
銀色の鈴　昭46・5　講談社
汽船　昭46・6　青娥書房
更紗の絵　昭47・6　あすなろ社
椋鳥日記　昭49・6　河出書房新社
藁屋根　昭50・10　河出書房新社
小さな手袋　昭51・4　小澤書店
木菟燈籠　昭53・6　講談社
山鳩　昭55・9　河出書房新社
緑色のバス　昭59・11　構想社
埴輪の馬　昭61・9　講談社
清水町先生　平4・3　筑摩書房
珈琲挽き　平6・1　みすず書房
福壽草　平10・1　みすず書房
小さな手袋／珈琲挽き　平14・2　みすず書房
風光る丘　平17・3　未知谷
黒と白の猫　平17・9　未知谷

【全集】

小沼丹作品集Ⅰ　昭54・12　小澤書店
小沼丹作品集Ⅱ　昭55・2　小澤書店
小沼丹作品集Ⅲ　昭55・4　小澤書店
小沼丹作品集Ⅳ　昭55・6　小澤書店
小沼丹作品集Ⅴ　昭55・9　小澤書店
小沼丹全集第一巻　平16・6　未知谷
小沼丹全集第二巻　平16・7　未知谷
小沼丹全集第三巻　平16・8　未知谷
小沼丹全集第四巻　平16・9　未知谷
小沼丹全集補巻　平17・7　未知谷

新選現代日本文学全集32　昭35　筑摩書房
現代文学大系66　昭43　筑摩書房
現代日本文学大系92　昭48　筑摩書房
現代の文学39　昭49　講談社
筑摩現代文学大系60　昭53　筑摩書房

【翻訳】

鉄のカーテンの裏＊（W・V・ナルヴィグ）　昭24・5　読売新聞社
旅は驢馬をつれて（R・L・スチヴンスン）　昭25・11　家城書房（昭31・12角川文庫入り）
ガリヴァ旅行記（スイフト）　昭26・3　小峰書店
則天武后（林語堂）　昭34・3　みすず書房

【文庫】

懐中時計（解＝秋山駿　案・著＝中村明）　平3・9　講談社文芸文庫
小さな手袋（人・年・著＝中村明）　平6・7　講談社文芸文庫
清水町先生（解＝庄野潤三）　平9・6　ちくま文庫
埴輪の馬（解＝佐飛通　平11・3　講談社文芸文

俊　年・著=中村明）　庫

黒いハンカチ（解=新保博久）　平15・7　創元推理文庫

村のエトランジェ（解=長谷川郁夫　年・著=中村明）　平21・7　講談社文芸文庫

銀色の鈴（解=清水良典　年・著=中村明）　平22・12　講談社文芸文庫

更紗の絵（解=清水良典　年・著=中村明）　平24・1　講談社文芸文庫

珈琲挽き（解=清水良典　年・著=中村明）　平26・2　講談社文芸文庫

木菟燈籠（解=堀江敏幸　年・著=中村明）　平28・12　講談社文芸文庫

「著書目録」には原則として再刊本等は入れなかった。／＊は共訳を示す。／**【文庫】**は本書初刷刊行日現在の各社最新版「解説目録」に記載されているものに限った。（　）内の略号は、**解**=解説、**案**=作家案内、**人**=人と作品、**年**=年譜、**著**=著書目録を示す。

（作成・中村　明）

本書は、未知谷刊『小沼丹全集』第三巻（二〇〇四年八月）を底本とし、新かな遣いに改め、振りがなを追加しました。また、本文中、明らかな誤植と思われる箇所は正しましたが、その際、河出書房新社刊『藁屋根』（一九七五年一〇月）を適宜参照しました。底本にある表現で、今日からみれば不適切と思われる表現がありますが、作品の書かれた時代背景、作品の文学的価値および著者が故人であることなどを考慮し、底本のままとしました。よろしくご理解のほどお願いいたします。

藁屋根（わらやね）

小沼丹（おぬまたん）

二〇一七年一二月八日第一刷発行

発行者——鈴木 哲

発行所——株式会社 講談社

東京都文京区音羽2・12・21 〒112-8001

電話 編集（03）5395・3513

販売（03）5395・5817

業務（03）5395・3615

デザイン——菊地信義

印刷——豊国印刷株式会社

製本——株式会社国宝社

本文データ制作——講談社デジタル製作

定価はカバーに表示してあります。

講談社文芸文庫

ISBN978-4-06-290366-0

▶解=解説 案=作家案内 人=人と作品 年=年譜を示す。 2017年12月現在

講談社文芸文庫

大原富枝	婉という女｜正妻	高橋英夫──解／福江泰太──年
岡田睦	明日なき身	富岡幸一郎─解／編集部──年
岡部伊都子	鳴滝日記｜道 岡部伊都子随筆集	道浦母都子─解／佐藤清文──年
岡本かの子	食魔 岡本かの子食文学傑作選 大久保喬樹編	大久保喬樹─解／小松邦宏──年
岡本太郎	原色の呪文 現代の芸術精神	安藤礼二──解／岡本太郎記念館─年
小川国夫	アポロンの島	森川達也──解／山本恵一郎─年
小川国夫	あじさしの洲｜骨王 小川国夫自選短篇集	富岡幸一郎─解／山本恵一郎─年
奥泉光	石の来歴｜浪漫的な行軍の記録	前田塁──解／著者──年
奥泉光	その言葉を｜暴力の舟｜三つ目の鯰	佐々木敦─解／著者──年
奥泉光 群像編集部 編	戦後文学を読む	
尾崎一雄	美しい墓地からの眺め	宮内豊──解／紅野敏郎──年
大佛次郎	旅の誘い 大佛次郎随筆集	福島行一──解／福島行一──年
織田作之助	夫婦善哉	種村季弘──解／矢島道弘──年
織田作之助	世相｜競馬	稲垣眞美──解／矢島道弘──年
小田実	オモニ太平記	金石範──解／編集部──年
小沼丹	懐中時計	秋山駿──解／中村明──案
小沼丹	小さな手袋	中村明──人／中村明──年
小沼丹	埴輪の馬	佐飛通俊──解／中村明──年
小沼丹	村のエトランジェ	長谷川郁夫─解／中村明──年
小沼丹	銀色の鈴	清水良典──解／中村明──年
小沼丹	更紗の絵	清水良典──解／中村明──年
小沼丹	珈琲挽き	清水良典──解／中村明──年
小沼丹	木菟燈籠	堀江敏幸──解／中村明──年
小沼丹	藁屋根	佐々木敦─解／中村明──年
折口信夫	折口信夫文芸論集 安藤礼二編	安藤礼二──解／著者──年
折口信夫	折口信夫天皇論集 安藤礼二編	安藤礼二──解
折口信夫	折口信夫芸能論集 安藤礼二編	安藤礼二──解
折口信夫	折口信夫対話集 安藤礼二編	安藤礼二──解／著者──年
開高健	戦場の博物誌 開高健短篇集	角田光代──解／浦西和彦──年
加賀乙彦	帰らざる夏	リービ英雄─解／金子昌夫──案
加賀乙彦	錨のない船 上・下	リービ英雄─解／編集部──年
葛西善蔵	哀しき父｜椎の若葉	水上勉──解／鎌田慧──案
葛西善蔵	贋物｜父の葬式	鎌田慧──解

講談社文芸文庫

小沼 丹
藁屋根
大寺さんの若かりし日を描いた三作と、谷崎精二ら文士の風貌が鮮やかな「竹の会」、チロルや英国の小都市を訪れた際の出来事や人物が印象深い佳品が揃った短篇集。
解説=佐々木 敦　年譜=中村 明
978-4-06-290366-0
おD10

丹羽文雄
小説作法
人物の描き方から時間の処理法、題の付け方、あとがきの意義、執筆時に適した飲料まで。自身の作品を例に、懇切丁寧、裏の裏まで教え諭した究極の小説指南書。
解説=青木淳悟　年譜=中島国彦
978-4-06-290367-7
にB2

徳田球一／志賀義雄
獄中十八年
非転向の共産主義者二人。そのふしぎに明るい語り口は、過去を悔いる者にはあまりに眩しく、新しい世代には希望を与えた。敗戦直後の息吹を伝えるベストセラー。
解説=鳥羽耕史
978-4-06-290368-4
とK1